Richard Nordhausen

Kläre Berndt

Ein Berliner Idyll

Richard Nordhausen

Kläre Berndt
Ein Berliner Idyll

ISBN/EAN: 9783743614796

Hergestellt in Europa, USA, Kanada, Australien, Japan

Cover: Foto ©Andreas Hilbeck / pixelio.de

Weitere Bücher finden Sie auf **www.hansebooks.com**

Türmer-Bücher.

Band 1:

Nordhausen, Kläre Berndt.

Stuttgart.
Druck und Verlag von Greiner & Pfeiffer.
1899.

Kläre Berndt.

Ein Berliner Idyll

von

Richard Nordhausen.

Stuttgart.
Druck und Verlag von Greiner & Pfeiffer.
1899.

Kläre Berndt.

Ein Berliner Idyll
von
Richard Nordhausen.

———◆———

Alfred schüttelte den Inhalt des Krawattenkastens auf den Tisch und wühlte mißmutig unter den bunten Schleifen herum. „Du hätteſt ganz gut dran denken können, Kläre," ſagte er ärgerlich. „Nun ſieht man wieder wie'n Betteljunge aus. Und gerade heute! Es iſt zum Verzweifeln!"

„Was haſt du denn heute ſo Schönes vor?" fragte das Mädchen und hob flüchtig den blonden Scheitel. „Wenn's nicht gar zu fein hergeht, iſt die Lila immer noch hübſch genug." Sie beugte ſich von neuem auf ihre Stickerei und ließ den Bruder gewähren.

„Hellwig hat mich eingeladen, es wird eine ſehr vornehme Geſellſchaft ſein. Meinſt du wirklich, daß die Lila noch hinreicht?"

Kläre zuckte die Achſeln, ohne aufzublicken; ſie ſchien ein wenig beleidigt. „Ich mache ſie ſo gut, wie ich's eben verſtehe. Natürlich, deine reichen Freunde, die verbrauchen jeden Tag zwei und immer die teuerſten Stoffe. Die bekommt unſereins gar nicht zu kaufen. Aber was die Façon anbelangt, da brauchſt du dich wirklich nicht zu ſchämen."

„O, das — das hab' ich auch nie behauptet."
Er prüfte noch einmal sorgsam die breiten Seidenbänder auf dem Tische, wählte schließlich zwei und zeigte sie der Schwester. „Welches von beiden würdest du nehmen? Uebrigens, Hellwig hat mich gefragt, wo ich meine Krawatten kaufe. Sie seien alle so geschmackvoll, so apart. Du kannst dir denken, daß ich ganz stolz war. Ein Lob aus solchem Munde!"

„Wirklich?" Kläre lächelte geschmeichelt. „Du hast ihm aber nicht verraten?"

„Kein Gedanke. Dabei war er sehr neugierig, wollte durchaus die Quelle wissen. Bist du nicht auch mehr für die dunkelrote?"

„Nein, nimm die Lila. Sie paßt viel besser zum Anzuge."

Eine Weile war es still in dem kleinen, dämmerig erhellten Zimmer. Alfred vervollständigte langsam und gewissenhaft seinen Putz, während Kläre sich wieder in die Irrgänge ihrer Arbeit vertiefte. Durch das geöffnete Fenster drang vom Botanischen Garten her leichter, süßer Duft, wie aus den Kelchen ferner Tropenblumen, und man hörte das leise Spiel des Windes in den mächtigen Baumkronen drüben.

„Es muß heut abend herrlich im Freien sein," sagte Kläre, gleichsam zu sich selbst, und ein sehnsüchtiges Licht glomm in ihren dunklen Augen auf.

„Ihr werdet irgendwo im Garten sitzen, nicht wahr?"

„Aber gewiß," entgegnete Alfred zerstreut, angelegentlich mit seinem Schnurrbarte beschäftigt. „Du

brauchst heute nicht wieder auf mich zu warten, wie
vorgestern. Es wird wohl sehr spät werden. So,
kann ich mich nun unter Menschen sehen lassen?"

Das Mädchen musterte die äußere Erscheinung
des Bruders sehr eingehend, zupfte seinen Rock zu=
recht, half ihm dann in den hellen Sommermantel
und nickte befriedigt. „Na, nun viel Vergnügen!"

— „Was ich sagen wollte, Klärchen," erinnerte sich
Alfred in der Thür. „Wenn es dir nichts aus=
macht, kannst du mir noch einmal zwanzig Mark
geben. Ich bin ja noch einigermaßen versehen, aber
man kann nicht wissen ... Und es ist mir so furcht=
bar unangenehm, schlimmstenfalls als Lump da=
zustehen. Hm. Du begreifst, Klärchen. Selbst=
verständlich nur, wenn es dir möglich ist."

Kläre antwortete nicht, öffnete indes willfährig
ihre Kommode und gab dem Bruder das Verlangte.
„Wir müssen uns dann eben in dieser Woche mehr
einrichten," meinte sie schließlich. „Amüsier' dich gut,
Alfred. Adieu!"

Sie sah ihm nach, bis er an der Straßenecke
eine Droschke genommen hatte und dann rasch ihren
Blicken entschwunden war. Ein letztes Abendleuchten
lag auf den Dächern und den dunkelgrünen Wipfeln;
die Bodenfenster fingen es auf und glühten in selt=
sam grauweißem, stumpfem Glanze. Unten in der
Tiefe aber regte sich kräftiger, freudiger das Leben,
das hier in der Höhe schlafen ging. In der Ferne,
wo die Straße sich in bläulichem Dunste verlor, sah
Kläre die Lichtpünktchen der Eisenbahn auftauchen;

zu ihren Füßen marschierten die braunroten Sterne der Laternen heran, und zwischen diesen Flämmchen bewegte sich, von Minute zu Minute anwachsend, eine fröhliche, eilfertige Menschenmenge. Viel lachende, junge Paare darunter, o, so viel Glück. Und es war ein dumpfes Brausen wie Meeresbrandung in der Tiefe, und das Flimmern flog empor wie leckende Schaumperlen. Und Klang und Licht grüßte die Gefangene auf unzugänglichem Fels. „Mahnt mich nicht, daß ich alleine bin vom Frühling aus= geschlossen" . . .

Die weißen Hände suchten eine Stütze auf dem Blumengitter des Balkons. Sie war nicht senti= mental, die Kleine. Die zwei Jahre, die nun seit dem Tode der Mutter vergangen waren, hatten sie zu einem tapfern, sturmfesten Hausfräulein gemacht. Sie führte die Wirtschaft und hielt sie aufrecht; ihr, nicht dem Bruder, händigte der Vormund allviertel= jährlich die Zinsen des nicht grade beträchtlichen Vermögens aus, von dem die Geschwister leben mußten. So hatte es die Mutter gewollt, und so war es klug. Alfred verdiente in seiner Stellung wohl ein recht hübsches Sümmchen, aber er hatte so große Nebenausgaben, die Freunde zwangen ihn dazu, und zum Haushalte vermochte er nicht einen Pfennig beizusteuern. Kläre verhehlte das dem Vor= munde, denn sie verstand Alfreds Lage, sie wußte, daß er von seiner Einnahme gern Schätze an sie abgeliefert hätte, wenn die hundertfünfzig oder hundert= siebzig Mark monatlich nur für ihn selbst hingereicht hätten. Und so sparte Kläre aller Ecken und Enden. Die Wohnung war klein und lag im vierten Stocke, aber sie schimmerte alleweil wie ein Schmuckkästchen, und der Balkon gar erregte den gerechten Neid sämtlicher, ausnahmslos sämtlicher Nachbarinnen. So etwas von gut gepflegten Rosen, so prächtige Clematis und Aristolochia sah man nicht jeden Tag; selbst vor dem Wettbewerb des Botanischen Gartens drüben brauchte sich Kläres gärtnerische Kunst nicht zu verstecken. Ein wenig Selbstsucht spielte wohl mit hinein, wenn sie so große Mühe an den Balkon verschwendete. Er war ja eigentlich ihr ausschließliches Eigentum. Auf ihm verträumte sie, die rot beschirmte Lampe vor sich, ein Buch im Schoße, die langen Frühlings- und Sommerabende. Alfred blieb fast nie zu Hause. Höchstens nach allzu vergnügten Ausschweifungen, von denen er erst in der Morgenfrühe heimgekommen war, so daß er bis zur Geschäftsstunde nicht mehr hatte recht ausschlafen können. Doch war er in solchen Fällen abends unzugänglich, unwirsch und langweilig und ging sehr früh zu Bette. Kläre war also auch dann auf sich angewiesen. Da die kleine Wirtschaft und die großen Mühen für die Bequemlichkeit des Bruders sie tagsüber völlig in Anspruch nahmen, — zu einem Dienstmädchen langte es wirklich nicht — hatte sie allerhand frühere Freundschaften nach und nach aufgeben müssen. Je weniger Zeit sie für andere hatte, desto mehr vereinsamte sie. Von den blutjungen Dingern, ihren ehemaligen Mitschülerinnen, verstand dazu keine die Hausmütterchensorgen Kläres. Sie wußten nicht, wie schwer es hält, mit kaum neunzig Mark im Monat zwei gesunde, immer hungrige Menschenkinder zu ernähren und ein junges Mädchen hübsch zu kleiden. Ganz abgesehen von all den kleinen Unkosten des täglichen Lebens. Es ist ja wahr, Alfred brachte zuweilen der Schwester ein Blumensträußchen mit nach Hause, besonders jetzt, wo die Blumen so billig waren. Aber niemals dachte er daran, ihr ein praktisches Küchengerät zu schenken oder auch nur das Geschirr zu ersetzen, das er zerschlagen hatte. Dazu waren nach seiner innigen Ueberzeugung „die Zinsen" da. Und „die Zinsen" mußten auch die Auslagen bestreiten, wozu er mitunter Kläre ganz unvermutet zwang, indem er einen guten Freund zum Mittagessen einlud oder eine fidele Herrengesellschaft gab. Der Vormund hätte hierin wohl Wandel geschafft, wenn von Kläres Lippen auch nur eine leise Andeutung gefallen wäre. Aber da sie ihm bei seinen seltenen Besuchen immer mit dem gleichen, lieben, frohen Lächeln sein Glas Portwein und den selbstgebackenen Kuchen vorsetzte, so fand der alte Herr keinen Anlaß zu irgend welchen hochnotpeinlichen Untersuchungen und Verhören. Und das um so weniger, als er Baumkuchen gern aß und Kläre ihn wirklich ganz vorzüglich zu machen verstand.

Wie war es nur gekommen, daß langsam, fast wider ihren Willen, eine tiefe Sehnsucht nach Glück und Lebensfreude in des Mädchens Seele eingezogen war, ein unbestimmtes, ahnungsvolles Gefühl von nahen, sonnigen Tagen? Die Arbeit lastete wie vordem auf ihren zarten Schultern und lastete schwerer, denn Kläre fand nicht mehr ihre einzige Aufgabe in ihr. Die Nöte und Kümmernisse, die ein mit so begrenzten Mitteln geführter Haushalt verursacht, hatten nicht abgenommen; Alfred war in letzter Zeit leichtsinniger als vorher geworden, und immer sparsamer mußte Kläre sein, immer ängstlicher rechnen, um keine Schuldenmacherin zu werden. Sie liebte den Bruder, wie nur immer eine zärtliche Schwester den Genossen ihrer Kindheit, an dem sie nun Mutterstelle zu vertreten hat, lieben kann. Und dennoch stieg jetzt zuweilen das Bedenken in ihr auf, daß er vielleicht falsch und thöricht handelte, und dennoch kam ihr in den langen Stunden, die sie allein war, manchmal die Vorstellung, daß sie dankbarer sein würde in seiner Lage. Sie wünschte ja nur ein wenig Teilnahme. Nur ein wenig Freude sollte er ihr gönnen, sie nur dann und wann ihre Vereinsamung vergessen machen. Aber selbst bei Tisch sprach er ihr von gleichgültigen Dingen, im besten Falle von seinen neuen Bekanntschaften, von Spezialitäten=Theatern und Wettrennen. Erwähnte sie einmal schüchtern ein Buch, das sie sich just aus der Leihbibliothek geholt hatte, so lächelte er über= legen verächtlich, warnte sie vor den „überspannten Scharteken" und gähnte. Sobald er sich gesättigt hatte, streckte er sich behaglich aufs Sofa und holte den in der Nacht versäumten Schlaf mit Wucher nach. Und Kläre konnte dann in der Küche zwischen den Aufräumarbeiten ihrer verheirateten Freundinnen gedenken, die nun wohl mit dem Manne ihrer Liebe lustig und ernst über schöne und große Dichterträume plauderten. Oder über Süßeres, Goldeneres...

Es war eigentlich kurios, daß sich noch kein Mann um die Siebzehnjährige bemüht hatte. Wenigstens keiner außer dem langen Commis in dem Tuch=Ausverkaufe nebenan, wo sie seit zwei Jahren den Stoff für ihre Kleider erstand. Der Ausverkauf erfreute sich eines ungemein zähen Lebens; man sah es dem kleinen, nur einige Meter im Geviert messenden Boden gar nicht an, welche Riesenvorräte er offenbar enthielt. Der Chef und sein Commis hatten den ganzen Tag über angestrengt zu thun, aber das Lager erschöpfte sich nicht, aus geheimnisvollen Quellen ward der Ausverkauf immer von neuem gespeist. Kläre hatte einen guten Geschmack und setzte die beiden Herren jedesmal in verzücktes Erstaunen, wenn sie einen ihrer kleinen Einkäufe machte. Den langen Commis aber begeisterte nicht nur ihre durchtriebene Stoffkennerschaft, sondern auch ihr ganzes, reizendes Persönchen an sich, was wieder seinem guten Geschmack alle Ehre machte. Er wußte sich nie hochachtungsvolle Huldigungen genug für sie, und sein gutes, hungriges, blasses Gesicht gewann ordentlich Farbe und Fülle, wenn er sie kommen sah. Aber das war auch, wie gesagt, ihre einzige Eroberung. Auf Straßenbekanntschaften ließ sie sich nicht ein. Uebrigens gehörte schon eine nicht alltägliche Gabe Unverschämtheit dazu, sich dem vornehm aussehenden, stolzen Mädchen zu nähern. Selbst geriebene und erfolgverwöhnte Bummler wagten sich nicht an sie heran. Und Kläre blieb allein. Den schönen und geistvollen Männern aus den Romanen gelang es leicht, ihr Herz zu erobern; für die jungen Burschen der Wirklichkeit aber stand sie zu hoch, wie ein Bild ohne Gnade.

Ach, und doch — wie viele stille Abendstunden hatte sie in Gedanken an den Prinzbefreier verbracht, der Dornröschen im Triumphe davon führen würde; wie lieblich und bunt hatte sie sich immer wieder die lachende Zukunft ausgemalt! Alle ihre Träume gingen e i n e n Weg. Und auch jetzt, während ihre Hände müßig im Schoße ruhten und ihre Augen sehnsuchtsvoll hinausschauten in das dunkle Land, auch jetzt umfing sie so süßes Sinnen. Aus dem verworrenen Lärm der Straße, aus dem milden Hauche der Frühlingsluft, ja selbst aus den Sternen überm Hause grüßte sie das kommende Glück. Und sie lächelte...

Es war schon spät, und Kläre dachte noch immer nicht daran, sich ihren wachen Träumen zu entreißen. Betroffen und fast erschrocken zuckte sie deshalb zu= sammen, als sie plötzlich vom Korridore her Alfreds Stimme hörte. Er sprach mit jemandem, und der Fremde antwortete durch ein leises Lachen. Das Mädchen raffte sich auf und trat mit der brennen= den Lampe ins Zimmer.

„Du bist noch wach?" fragte Alfred erstaunt.
„Gut, daß du Licht in unsrer Herzen Finsternis

bringst. Das ist nämlich meine Schwester Clarissa, und dies hier" — er zeigte nun auf den Gast, der sich respektvoll verbeugte — „ist mein lieber Freund Hellwig, Max Hellwig. Erzählt hab' ich dir ja schon genug von ihm, Kläre. Herr Hellwig hat sich endlich einmal dazu bewegen lassen, ein Glas Cognac bei mir zu trinken; bisher mußte ich immer sein Schuldner bleiben."

Der Fremde streckte Kläre freimütig die Hand entgegen. „Ich hatte keine Ahnung, daß ich Sie noch stören würde, Fräulein," sagte er. „Ich hätte andernfalls sicher nicht die Keckheit besessen, nächtlicherweile hier einzudringen. Alfred schilderte aber die Annehmlichkeiten einer Maimitternacht auf Ihrem Balkon so lebendig —"

„Und ich hoffe, Sie werden ihm nicht gleich jetzt Unrecht geben," erwiderte das Mädchen lustig.

„Weshalb sollt ich das?" Hellwig verstand sie nicht, der Bruder aber dafür um so besser.

„Sie meint, weil sie dabei ist. Kläre ist bescheiden genug, sich nicht zu den Annehmlichkeiten unseres Balkons zu zählen."

„Ach — auf eine so befremdliche Ansicht war ich allerdings nicht gefaßt," entschuldigte sich Hellwig und blickte sein hübsches Gegenüber fast entrüstet an. „Solche Reden oder solche Gedanken würde ich mir verbitten, an Alfreds Stelle. Ganz entschieden verbitten, Fräulein."

„Wenn du uns die Flasche und ein paar Gläser holen willst, auch die Zigarren — du kannst ja dann schlafen gehen!" wandte sich Alfred an die Schwester.

„Nichts da!" unterbrach ihn Herr Hellwig im Befehlshaberton. „Ihr Balkon ist furchtbar langweilig, das sehe ich jetzt schon. Sie sind es gleichfalls, Alfred, das weiß ich seit Monaten. Wenn uns also Fräulein Klärchen nicht Gesellschaft leistet, so spring' ich augenblicklich auf die Straße hinunter und gehe stracks nach Hause."

Kläre lachte. „Ich bin sehr müde."

„Sie sollten keine Zeit dazu haben. Es wäre übrigens noch schöner, wenn die Sterne wirklich den Einfall kriegten, nicht mehr bei Nacht leuchten zu wollen. Das geben wir gewöhnlichen Menschenkinder einfach nicht zu."

Von seiner guten Laune angesteckt, machte ihm Kläre mit sehr ernsthaftem Gesichte einen tiefen Knix. Dann ging sie, Alfreds Wünsche zu erfüllen. Die beiden jungen Leute traten auf den Balkon hinaus.

„Warum verstecken Sie Ihre Schwester denn eigentlich?" fragte Hellwig unvermittelt. „So etwas nennt sich nun guter Freund und verhehlt einem das Netteste, was er daheim besitzt. Ich werde jetzt öfter Cognac bei Ihnen trinken, Alfred."

Der andere schien für die Leichtfertigkeit in diesen Worten kein Ohr zu haben. „Sie scherzen," sagte er ungläubig. „Ein so verwöhnter Mensch wie Sie ... Und Kläre ist die Häuslichkeit selbst. Ganz anders wie sonst junge Mädchen sind. Aus Vergnügungen macht sie sich gar nichts."

„Ich schätze die Leute, die sich aus gar nichts Vergnügungen machen," entgegnete Hellwig. „Und Ihr Fräulein Schwester scheint zu diesen glücklichen Leuten zu gehören. Aber abgesehen davon — Sie brauchen sich ihrer nicht zu schämen. Ich will Ihnen nicht weh thun, Sie wissen ja, daß ich Sie für einen schneidigen Kerl halte — aber ich hätte Ihnen eine so bildhübsche Schwester wirklich nicht zugetraut. So. Das ist mein letzter Urteilsspruch in dieser Sache." Er betrachtete aufmerksam den Azaleentopf, der vor ihm auf dem Geländer stand, riß eine Blüte ab und steckte sie behutsam in sein Knopfloch. „Fräulein Kläre wird jammern," meinte er dabei. „Aber das ist Gartenrecht."

„Die Schönheitsideale sind zum Glück verschieden," versetzte Alfred nach einer Pause. Hellwigs Bemerkungen hatten ihm geschmeichelt und ihn dennoch etwas verlegen gemacht; wußte er doch nicht, wieweit es dem Freunde ernst damit war. „Als Bruder achtet man nicht so auf die Schwester —"

„Wie auf Helene Hollmann zum Beispiel," fuhr Hellwig trocken fort. „Das ist doch wohl zur Zeit Ihr Schönheitsideal?"

Alfred hätte es albern gefunden, zu leugnen. „Ideal — ganz recht. Aber auch nur Ideal."

„Klug gedacht. Wem Helene Hollmann mehr sein soll, der muß einen oder besser noch zwei indische Nabobs Erbonkel heißen. Ein gefährliches Weib."

Alfred hielt diese Auslassungen nicht für sehr zartfühlend, sie verletzten ihn in zweierlei Hinsicht.

Er wußte indes seine Verstimmung zu bemeistern und plauderte unbefangen weiter, bis Kläre zurückgekehrt war und die kleine Gesellschaft Platz genommen hatte.

„Ein wunderschöner Garten, Fräulein Semiramis," begann Hellwig das Geplänkel. „Ich habe Alfred bereits eröffnet, daß ich, Ihre gütige Erlaubnis vorausgesetzt, diesen Luftkurort von nun an sehr häufig zu besuchen gedenke."

Kläre fühlte, daß sie rot wurde. Aber sie hielt seinen bewundernden Blicken tapfer stand. „Bei der Menge vornehmer Sommerfrischen und dem erbitterten Wettbewerbe werden Sie diese bescheidene Neugründung morgen schon vergessen haben."

„Nimmermehr! Und um ganz sicher zu gehen, hab' ich Ihnen eine weiße Blume gestohlen. Sie wird mich erinnern."

„Gestatten Sie, daß ich Ihnen noch ein Glas Lethe eingieße?"

Herrn Hellwig gefiel der Cognac durchaus nicht, er war wirklich an eine andere Sorte gewöhnt. Aber die wohlige Empfindung, ein so hübsches und gescheites Geschöpf an seiner Seite zu wissen, machte die kratzende Schärfe des Trankes beinahe vergessen. Er rückte ihr sein Glas nicht hin, und mit behaglichem Lächeln sah er zu, wie sie sich ein wenig überbeugen mußte, um es mit der Flasche zu erreichen. Ihr Haar leuchtete dabei im rötlichen Lampenglanze seltsam auf, und ein warmer Schimmer flog über das milchige Weiß ihres schlanken Halses.

Er sah, daß ihre feinen Finger, die die dicke Flasche fest umspannt hielten, leicht zitterten, und als sie ihres Amtes gewartet hatte und er ihr höflich dankte, ruhten ihre Blicke sekundenlang ineinander.

„Ich halte Sie übrigens beim Worte, was Ihre häufigen Besuche anbelangt," sagte Alfred. „Dies Versprechen ist um so wertvoller, als Herr Hellwig in der Regel drei Vierteile des Sommers über nicht in Berlin ist."

„Ach, wie schön — Sie verreisen viel?" fragte Kläre.

„Das — das weiß ich noch nicht. Jedenfalls thut es mir sehr leid, Fräulein Klärchen, daß Sie es schön finden, wenn ich Berlin so oft und so lange wie möglich verlasse."

„So hab' ich's natürlich nicht gemeint," verteidigte sich das Mädchen mit einer vorwurfsvollen Handbewegung. „Es war nur der Neid, der aus mir sprach. Ja, ich kann Ihnen nicht schildern, wie ich die Menschen beneide, die so Jahr für Jahr hinausfliegen können in die Wälder und Berge. Es wirkt immer wie eine persönliche Beleidigung auf mich, wenn ich im Juli oder August überall die Rolljalousien herabgelassen sehe. Und dann freut mich jeder Regentag, und ich sehne den Herbst, den Schluß der Saison herbei — einfach, weil ich den Leuten ihre Ferien nicht gönne. Ich hab' ja auch keine. So ein häßliches Geschöpf bin ich!"

„Darüber läßt sich vielleicht streiten. Aber weshalb haben Sie keine Ferien?"

„Es geht nicht, beim besten Willen nicht," antwortete Alfred hastig für seine Schwester. „Jemand muß das Haus in Ordnung halten, und die paar Tage Urlaub, die ich bekomme, brauch' ich wahrhaftig für mich selbst. Man verstaubt in den Comptoirs ja an Leib und Seele. Noch eine Zigarre? Bitte, Herr Hellwig!"

„Nein, danke recht sehr. Ich habe bereits mein Deputat verqualmt. An Ihrer Stelle, Fräulein Klärchen, ginge ich so einem tyrannischen Bruder einmal kurz entschlossen durch! Die Brüder mißhandeln sämtlich ihre Schwestern. Hätt' ich zu bestimmen, so führte Alfred in diesem Jahre die Wirtschaft, und Sie benutzten seinen Urlaub zu einem Ausfluge."

Kläre nickte Beifall, Alfred dagegen vermochte sein Unbehagen kaum noch zu verbergen. Diese Erörterung enthüllte Hellwig weit mehr von den immerhin ärmlichen Verhältnissen, in denen das Geschwisterpaar lebte, als dem eitlen jungen Mann lieb war. Er pflegte sich zwar nie besonderen Reichtumes zu rühmen, ließ aber doch bei passender Gelegenheit gern durchblicken, daß ihm sein mütterliches Erbe ein sorgenfreies Dasein gewährleiste und daß er einer ernsthaften Beschäftigung eigentlich nur zum Zeitvertreibe nachging. Von Kläres Offenherzigkeit mußte er befürchten, daß sie ihn kläglich bloßstellte; er bemühte sich deshalb, das Gespräch auf einen andern Gegenstand zu bringen.

„Kläre klagt mit Vorliebe ohne Not, das ist

ihre Spezialität," warf er leicht hin. „Im allgemeinen nennt sie den schmalen Balkon hier ein Paradies —"

„Nun ja, Fräulein Klärchen wird doch die Wahrheit sagen dürfen! Mir zum mindesten scheint dieser ihr Ausspruch eine unanfechtbare Wahrheit!"

„Sie verschwört sich hoch und teuer, ihn mit keinem Alpenhotel und keiner Villa am Meere vertauschen zu wollen. Nur darf niemand sonst gleichfalls der Meinung sein, denn dann findet sie den Balkon plötzlich abscheulich. Es geht ihr in allen Dingen so. Sämtliche Herren meiner Bekanntschaft erklären übereinstimmend, niemals ein so hochmütiges Mädel gesehen zu haben —"

„Bravo rechts!" lachte Hellwig.

„Und sie ist es auch thatsächlich. Ich schwöre darauf, sie hat seit siebzehn Jahren keinen Liebesbrief geschrieben. Sobald sie indes erfährt, daß wieder eine Freundin glücklich verheiratet ist, wird sie eifersüchtig —"

„Pfui, Alfred!" rief Kläre, dunkelrot im Gesicht und vor Verwirrung mit den Franzen des Tischtuches spielend.

„Wird sie eifersüchtig, wünscht sich auch so etwas und würde nun den Nächstbesten heiraten, der ihr in die Finger kommt. An dem Mann liegt ihr nichts, sie kann es nur nicht ertragen, daß die Freundin —"

„Das — das ist schändlich!" unterbrach ihn Kläre erregt und sprang von ihrem Sitze auf. „Was muß Herr Hellwig von mir denken! Ich —." Ihre Augen blitzten, und ihr Gesicht zuckte, als dränge sie die Thränen zurück. Sie sah bildhübsch aus in dieser Minute.

„Er ist ein roher Barbar, der Monsieur Alfred," erklärte Hellwig, ihr lächelnd ins Antlitz schauend. „Ich glaube ihm doch nicht. Darum seien Sie wieder gut, Fräulein Klärchen. Und wenn er Sie noch einmal ärgert, sag' ich's seiner allerneuesten Freundin ... Hm. Weil ich eben daran denke, mein Herr! Die Hollmann tritt übermorgen abend wieder auf. Ich habe eine Loge genommen. Wollen Sie mir mit dem Fräulein Schwester die Ehre geben?"

Zwei Tage nur, heute und morgen! Kläre fieberte dem Theaterabend entgegen und wurde nicht müde, sich seine Herrlichkeiten zu vergegenwärtigen, insgeheim aber wünschte sie doch, er stünde nicht gar so nahe bevor, denn dann hätte sie sich noch mehr, noch länger auf ihn freuen, die köstliche Wonne der Erwartung noch inniger genießen können. Die Kleine war in ihrer Art eine Lebenskünstlerin. Auch fürchtete sie immer, daß es am Ende eine Enttäuschung gäbe; wenn man sich von einer Sache zu viel Vergnügen verspricht, wird nachher gewöhnlich nichts daraus. Und Kläre versprach sich ganz

unsagbares Vergnügen. Abergläubisch lenkte sie ihre
Gedanken zuweilen gewaltsam von dem Theatergange
ab, um nicht der Götter Neid auf sich herab zu be=
schwören, doch es half ihr nichts, ihre Hoffnungen
und Träume kehrten stets von neuem dahin zurück.
Mit Alfred zwar wagte sie anfänglich nicht davon
zu sprechen. Er machte am Frühstückstische ein so
verdrießliches Gesicht, als wäre er vor anderthalb
Stunden nach Hause gekommen und wütend auf
Kläre, die ihn pflichtgemäß hatte wecken müssen.
Mit keinem Worte spielte er auf Hellwigs Einladung
an. Doch das kränkte Kläre wenig. Sie wußte
genau, daß er es nicht wagen würde, gegen den
ausdrücklichen Wunsch des überlegenen Freundes zu
handeln. Es gab keinen Menschen in der Welt,
der im stande war, ihr diese Freude zu verderben.
Und kaum hatte der Brummige das Haus verlassen,
als sie auch schon lustig singend an ihr Kleiderspind
sprang und strenge Musterung unter den paar Fähn=
chen hielt. Den ganzen Vormittag über saß sie
dann nähend auf dem Balkon, ließ nur selten einen
Blick von der Arbeit und bemerkte doch, daß heut
alles goldener und bunter aussah, fröhlicher gleich=
sam, Himmel, Bäume und Menschen da unten.
Selbst die trübseligen Droschkenpferde, soweit sie ihre
Physiognomien erkennen konnte. Es war zu ent=
schuldigen, daß sie das Mittagbrot unter diesen Um=
ständen nicht mit der üblichen Sorgfalt vorbereitete.
Indessen setzte sie Alfreds zornigen Vorwürfen nur
ein still vergnügtes Lächeln entgegen, und als er

ihr nach einer Weile mitteilte, daß er zum Abend=
essen nicht nach Hause kommen würde, blickte sie ihn
zerstreut an und fragte schließlich: „Du, nicht wahr,
die Damen nehmen doch Fächer ins Theater mit?"

Da sie nachmittags völlig ungestört war, gelang
es ihr, den modernen Aufputz ihrer Toilette zu be=
endigen. Sie putzte sich dann zur Probe damit
heraus und mußte sich gestehen, daß das Kleid wirk=
lich noch sehr hübsch aussah. Am nächsten Morgen
wartete ihrer eine befremdliche Ueberraschung. Alfred
war nämlich ausgesucht liebenswürdig gegen sie.
Auch entging ihr nicht, daß er sie beständig von der
Seite betrachtete, just als hätte er nach siebzehn
Jahren urplötzlich ganz neue Eigenschaften an ihr
entdeckt. Sie fragte ihn nicht, aber die selige Ahnung
durchzog ihr Herz, daß er gestern von seinem Freunde
darauf aufmerksam gemacht worden wäre, was für
eine niedliche Schwester er besäße.

„Du hast dich doch für heut abend eingerichtet?"
erkundigte sich Alfred endlich.

„Nun ja — eingerichtet — gewiß. Du weißt,
ich muß mich sehr einrichten. Hoffentlich giebt es
nicht zu vornehme Gesellschaft?" erwiderte sie mit
gut gespieltem Gleichmute.

Alfred trommelte nervös mit dem Fuße auf dem
Stuhlbein herum. „Sehr vornehme Gesellschaft
sogar. Fräulein Hollmann wird sich uns nach dem
Theater anschließen. Ich hoffe, du kannst dich neben
ihr sehen lassen — als meine Schwester!"

Es lag etwas wie eine Drohung in diesem Satze,

doch Kläre achtete wenig darauf. „Weißt du, Alfred, ich dränge mich nicht auf. Wenn es Herrn Hellwig leid thut, mich eingeladen zu haben —"

„Unsinn, Unsinn! Was du dir nur einbildest!" Er stieß es ärgerlich hervor, die unklare Empfindung beschlich ihn, daß der heutige Abend vielleicht die Machtverhältnisse in diesem Hause grundstürzend ändern könnte. Und dabei war es ihm doch lieb, daß Kläre von der Gesellschaft sein würde. Er hatte dann nicht die gefährliche Nebenbuhlerschaft Hellwigs um die Gunst der schönen Helene zu fürchten. Ueberhaupt mochte er Kläre heute sehr gut leiden. Sie sah thatsächlich wunderhübsch aus. Hellwig hatte ganz recht. Und er würde sich heut abend wahrscheinlich mehr mit ihr als mit der Hollmann beschäftigen.

In dieser Erwägung nahm er ungewohnt herzlichen Abschied von der Schwester und brachte ihr abends sogar ein paar neue schwedische Handschuhe mit. Dank ihrer Geschicklichkeit hatte sie zwar „die bisherigen" so gut gewaschen, daß ihnen das schärfste Auge ihr graues Alter nicht ansehen konnte, aber die zarte Aufmerksamkeit des Bruders war doch der Tropfen, der den Kelch seliger Vorfreude überfließen machte. Und nun ... und nun das Theater selbst! Alfred bemerkte sofort, welches Aufsehen das schöne, strahlende Mädchen machte. Er mußte wahrhaftig blind gewesen sein die langen Jahre hindurch. Galant reichte er Kläre den Arm, als sie unter den elektrischen Lampen des Vestibüls hinschritten, und

die bewundernden Blicke und die leisen Ausrufe des
Entzückens, die Kläre bei einigen älteren Herren
hervorrief, stiegen ihm selbst ein wenig zu Kopfe.
Dieser Abend erhöhte ihn in seiner eigenen Achtung.
Hellwig erwartete die Geschwister schon. Er hielt
einen Strauß weißer Rosen für Kläre bereit, und
er plauderte so nett und gemütlich mit ihr, daß sie
keinen Augenblick irgend welche Befangenheit ver=
spürte. Er sah sehr stattlich aus. Es kamen allerlei
junge Leute in die Loge, aber es schien Kläre, daß
er sie gar nicht beachtete. Ohne das Gespräch mit
ihr zu unterbrechen, warf er ihnen einen flüchtigen
Gruß hin und überließ es Alfred, sie zu unterhalten
und hinaus zu komplimentieren.

„Ich wollte Ihnen heute nachmittag schon schreiben,
daß Sie ja kommen sollten, denn ich fürchtete eigent=
lich, Sie würden nicht Wort halten," sagte Hellwig.
„Alfred freilich hat gestern abend seinen Kopf zum
Pfande gesetzt, daß Sie es doch thäten."

„Mich wundert, daß Sie mit einem so wertlosen
Pfandstücke zufrieden waren," entgegnete Kläre bos=
haft. Sie lachte dabei, und Hellwig konnte nicht
umhin, sehr laut einzufallen. Er ängstigte Kläre
sehr, indem er so that, als wollte er Alfred den Witz
auf der Stelle wieder erzählen, und sie hatte Mühe,
ihn dadurch zu beruhigen, daß sie ihm auf sein Ver=
langen ein paar von den Veilchen überließ, die sie
am Gürtel trug.

Das Stück war sehr schön, und es interessierte
Kläre ungemein. Was Fräulein Hollmann an=

belangt, so war sie allerdings enttäuscht. In den Zeitungen stand immer so viel Rühmenswertes von der Dame zu lesen, von ihrer leidenschaftlichen Glut und ihrer hinreißenden Grazie, daß die Kleine ein rechtes Wundertier zu sehen gehofft hatte. Herr Hellwig klärte sie indes mit seltsamem Lächeln dahin auf, daß Fräulein Lenchen diese ihre vielgelobten Eigenschaften und Tugenden weniger in öffentlichen, als in Separat=Vorstellungen entfalte, und Kläre, die ihn nicht ganz verstand, fühlte doch wieder, daß ihr heiße Röte ins Antlitz stieg. Da mochte Herr Hellwig seine unbedachten Worte bedauern, und er faßte ganz leise ihre Fingerchen.

„Nicht böse sein! Denn Sie sind schuld daran, Fräulein Klärchen, wenn ich die gute Dame kränkte — Sie haben mir vorhin mit Alfred ein schlimmes Beispiel gegeben!"

Viel zu früh ging die Vorstellung zu Ende. In der großen Zwischenpause hatte Hellwig sie gefragt, ob sie sich wohl im Foyer umsehen möchte. Und dann waren sie alle drei unter den fröhlich schwatzen= den Menschen einhergewandert, jede Minute von immer neuen Freunden begrüßt. Hellwig hatte Kläre den Arm geboten, aber sie hatte sich nicht ge= traut ihn anzunehmen und sich zitternd mit Alfred begnügt. So viel Licht und Lärm und Lustigkeit — es betäubte sie beinahe. Und doch hätte sie neben den beiden dahinschlendern können bis an den jüng= sten Tag und wäre nicht müde geworden. Richtiger gesagt, neben Hellwig; denn daß Alfred da war,

daran dachte sie kaum. Hellwig wußte über alles
Auskunft, kannte alle hervorragenden Männer und
schönen Frauen; dabei vergaß er nicht, ihr Bonbons
zu kaufen. Doch wagte sie nur sehr wenig davon zu
essen, die übrigen steckte sie heimlich in die Tasche. —
„Es wird das klügste sein, daß ich mit Ihrer
Fräulein Schwester vorausfahre," meinte Hellwig,
als sie nach Schluß der Vorstellung im Logengange
standen. „Sie holen derweil Lenchen ab und kommen
dann nach." Alfred war von Herzen einverstanden.
So kam es, daß die beiden allein durch die Früh=
lingsnacht dahinglitten, wie im Traum, wie im
Märchen. Kläre stand dem neuen Freunde wohl
Rede und Antwort, aber sie wußte kaum, was sie
sprach. Sie war so grenzenlos verlegen, und so
grenzenlos glücklich doch. Sie erinnerte sich am
nächsten Morgen nur dunkel, daß überall auf dem
Wege Lindenbäume leise gerauscht hatten, — oder
waren es riesengroße Blumen gewesen? — daß
rechts und links vor und hinter ihnen bunte Sterne,
weiße Sonnen geglänzt hatten und daß es überaus
einsam um sie gewesen war. Wenigstens entsann
sie sich nicht, unterwegs auch nur einen Menschen
bemerkt zu haben. Schließlich hatte ein galonnierter
Diener den Wagenschlag geöffnet, Hellwig ihr beim
Aussteigen hilfreich die Hand entgegengestreckt und
dann ihre Rechte leicht auf seinen Arm gelegt, mit
den Worten: „Jetzt müssen wir schon so gehen!"

Er plauderte so liebenswürdig und gütig mit
ihr, daß ihre Befangenheit nicht standhalten konnte.

Gesenkten Hauptes zwar, aber doch ruhig und sicher ging sie an seiner Seite, spürte sogar mit wohligem Behagen den dicken, weichen Smyrnateppich unter ihren Füßen und erwiderte ohne übermäßige Freundlichkeit den Gruß des Oberkellners. Und als Hellwig sie fragte, welchen Wein sie vorziehe, entschied sie sich ganz tapfer für Mosel und gratulierte ihm keck zu seinem guten Geschmack, als er ebenfalls den Bernkastler seinen Lieblingstropfen nannte. Eine Fülle hübscher Bemerkungen knüpfte sich an diese Einleitungen, eine Fülle anmutiger Schmeicheleien. Es waren die schönsten, fröhlichsten Minuten des ganzen Abends. Hellwig selbst verhehlte sich nicht, daß mit der Ankunft der Schauspielerin andere Klänge in die harmlos muntere Melodie geraten würden.

„Ich halte mich doch für verpflichtet, Ihnen zu sagen, daß es nicht in meiner Absicht lag, Fräulein Hollmann hierher zu bitten," begann er. „Keineswegs hätt' ich das ohne Ihre Erlaubnis gethan, und ich für meinen Teil hätte diese Erlaubnis gar nicht eingeholt. Alfred drängte jedoch gestern abend so nachhaltig in mich, und weil er Ihr Bruder ist, Fräulein Klärchen, mocht' ich es ihm nicht abschlagen."

Es wurde ihr ganz heiß vor Vergnügen. „O — so etwas dürfen Sie nicht daherreden. Weil er mein Bruder ist!"

„Nun ja — ich will ganz ehrlich sein — andererseits hatte ich auch deshalb nichts gegen Fräulein

Hollmann einzuwenden, weil sie unsern Alfred völlig in Anspruch nehmen und mir so Gelegenheit bieten wird, Sie völlig in Anspruch zu nehmen, Fräulein Klärchen."

„Ist Alfred denn — hat Alfred — ich meine, ob er die Dame denn sehr gern hat?" Ihr Satzbau war so wenig glänzend und klar wie der des Herrn Hellwig, aber die Frage half doch über eine peinliche Minute hinweg. Es ist für ein junges Mädchen immer angenehmer und leichter, von den Liebesgeschichten dritter Personen, als von ihren eigenen zu reden.

„O ja. Sehr. Ich fürchte, Schwesterseele wird eifersüchtig?"

„Nicht doch, Gewohnheit stumpft ab."

„Es ist immerhin die erste Luxus-Leidenschaft, die er sich leistet!"

Sie sah ihn unschuldig an. Und Herr Hellwig schämte sich seiner Bemerkung.

„Sie sind um Alfred besorgt, nicht wahr?" fragte er. „Ich möchte darauf schwören, er kommt Ihnen abends zu spät nach Hause."

„Abends?" Sie wiederholte das Wort mit allerliebster Ironie, ihre Augen blickten vorwurfsvoll und ihre Lippen kräuselten sich verächtlich. „Käm' er abends, das ginge noch. Aber es wird regelmäßig lichter Morgen darüber. Ich meine, Herr Hellwig" — und sie sah ihm gerade ins Gesicht — „Sie könnten ein bißchen auf ihn einwirken. Er hält viel von Ihnen."

Herr Hellwig leerte bedächtig sein Glas. „Das mit dem Einfluß ist solche Sache, Fräulein Klärchen. Man hat ihn gerade so lange, als man sich seiner nicht bedient. Aber still — da kommt das junge Paar."

Die Schauspielerin schien Herrn Hellwig und Kläre gar nicht zu sehen. Sie plauderte sehr lebhaft mit Alfred, lachte ungeniert, offenbar über einen eigenen Witz, denn ihr Begleiter hing mit schweigendem Entzücken an ihrem Munde, und war im Begriff, den beiden vorüberzurauschen. O, welch eine Pracht! Das kleine Vorstadtmädchen starrte die überirdische Erscheinung ganz verzaubert an. Wie das funkelte und schimmerte, wie die frohen Farben des Gewandes ineinander flossen, sich ergänzten, sich gegenseitig hoben! Eine Flut von Spitzen, ein Gewoge und Gebausche, ein fein komponiertes, aufregendes Kunstwerk! Helene Hollmann musterte flüchtig die Schwester des Freundes, aber das Ergebnis dieser Prüfung konnte nicht niederschmetternder sein als Kläres eigenes Urteil. Unsäglich häßlich und grau kam sie sich neben diesem schönen, bunten Vogel vor. Ihr ganzes armseliges Kleidchen hatte, als es neu gewesen war, gewiß nicht den zehnten, nicht den zwanzigsten Teil der Summe gekostet, die Fräulein Hollmann in Ringform am kleinen Finger trug. Kläre saß gedemütigt, saß ganz vernichtet da. Sie hatte es vorher gar nicht empfunden, daß sie sich gleichsam Menschen aufgedrängt hatte, die unerreichbar hoch über ihr standen. Das unscheinbare

Spätzlein gehörte unter seinesgleichen. Alle Freude war ihr mit einem Schlage vergangen, jetzt erst bemerkte sie all die Mängel ihres Anzugs und schämte sich bitter ihrer Armut. Und der duftende Wein widerte sie an, und die köstlichen Speisen schmeckten wie Stroh. Verlegen und gedrückt, ein rechtes Provinzgänschen, saß sie in der Ecke und wagte nicht aufzublicken.

Plötzlich fühlte sie, daß Herr Hellwig leicht ihr Handgelenk umfaßte. Nur für eine Sekunde, daß es niemand sonst bemerkte, und doch lange genug, um ihr Herz mit neuem Mute zu tränken, mit wilder, stürmischer Freude zu erfüllen. Sie wußte genau, was er sagen wollte, wußte, daß es sich nicht um eine dreiste Vertraulichkeit handelte, sondern allein darum, ihr Selbstvertrauen und Sicherheit einzuflößen, ihr, die unter seinem Schutze stand, die heute abend so gut sein lieber Gast war wie die schillernde Schönheit dort.

„Ich ahnte, daß es mit dem Mosel vorbei sein würde, sobald Fräulein Helene käme," warf Hellwig hin, sich leicht gegen die Schauspielerin verneigend.

„O Blume, welche andere könnte neben Ihnen bestehen!"

„Das heißt, Sie finden wieder einmal, daß ich zu viel Parfüm mit mir herumtrage?"

„Es macht Vergnügen, einer so geistvollen Dame poetische Komplimente zu sagen."

„Sie sind ungezogen. Herr Berndt, verteidigen Sie mich!"

Kläre konnte die Schadenfreude nicht meistern, die sie bei den ersten Worten dieses Geplänkels erfüllte, und sie weidete sich an dem Gedanken, daß der Bruder nicht fähig war, den Kampf mit diesem Gegner aufzunehmen.

Alfred ließ es denn auch bei einer nichtssagenden Redensart bewenden. „Es ist immer mit dem Mosel vorbei, wenn Hellwig daneben sitzt! Solch ein Zecher! Und die Schuld schiebt er dann auf andere."

Fräulein Hollmann warf ihm einen ungnädigen Blick zu. „Herr Hellwig ärgert mich seit Wochen mit den Parfüms, die ich gebrauche," wandte sie sich dann an Kläre. „Es ist so schwer, seinen Geschmack zu treffen, und ich thät' es doch von Herzen gern. Vielleicht können Sie mir einen guten Rat geben, Fräulein Berndt?"

„Ich?" stotterte Kläre. „Mein Gott, ich bin so wenig erfahren..." Ihr Instinkt sagte ihr, daß sie dieser prachtvollen, in Seide und Spitzen gehüllten Weltdame gegenüber gerade ihre Einfachheit besonders betonen müßte. „Was mich anbelangt, Fräulein Hollmann, so komme ich das ganze Jahr hindurch mit zwei oder drei Flaschen Kölnischem Wasser aus. Und ich fürchte sehr, es ist nicht einmal echt."

Hellwig lachte. „Verstehen Sie so etwas, Lenchen?"

Die Schauspielerin warf den Kopf zurück. „Wenn Sie mir auf meine Frage Antwort gäben, so hätten Sie damit Antwort auf Ihre. Was ist Ihr Lieblingsparfüm?"

„Meines? O, die Jugend der Geliebten!"

Kläre errötete und wußte wieder einmal nicht weshalb. Aber befremdlich genug, sie fühlte sich jetzt ganz heimisch hier, fürchtete die Schauspielerin nicht mehr und beteiligte sich tapfer am Gespräche. Hellwig, der zwischen den beiden Damen saß, widmete sich ihr dazu immer ausschließlicher. Er schlug alle Versuche der Hollmann, ihn mit Beschlag zu belegen, rundweg ab, und seine Entgegnungen wurden immer kürzer und zerstreuter. Es hatte den Anschein, als wollte er Alfred in seinen Bemühungen um das schöne Weib nicht stören, selbst auf die Gefahr ihrer Ungnade hin. Zum Unglück war Berndt kein Meister der Unterhaltungskunst, und während an der einen Seite des Tisches fast ununterbrochen helles Lachen klang und der fröhliche Wechsel zweier Stimmen, ging ihm der Stoff immer von neuem aus, mußte er immer gewaltsamere Anstrengungen machen, damit das Gespräch nicht ganz einschlief.

„Wie lange kennt Hellwig Ihre Schwester schon?" fragte die Schauspielerin plötzlich hinterm Fächer hervor.

„Heut ist der dritte Tag."

„So. Dann nehmen Sie das Kind nur gut in acht." Sie flüsterte es mit einem merkwürdigen Lächeln.

„Ach die — die denkt gar nicht daran. Für die Kläre giebt's noch gar keine Männer."

„Sie müßte dann ihrem Bruder wirklich sehr unähnlich sein."

„Ich habe wahrhaftig noch nie eine besondere Neigung zu jungen Herren verspürt," wollte Alfred scherzen. Aber es war ihm, als stünde eine Entscheidung bevor, und es wurde ihm schwül zu Mute. Er füllte die Gläser wieder und blickte seine Nachbarin erwartungsvoll an.

„Nun, gesetzt den Fall, er verliebte sich doch in die Kleine? Was thäten Sie?" Ihre Stühle berührten sich fast, und ihre Gesichter kamen sich sehr nah, da sie ganz leise sprechen mußten.

„Was ich thäte? Ich würd' ihn veranlassen, sie zu heiraten. Ich will es nicht leugnen, er wäre mir ein recht willkommener Schwager. Indessen, davon ist ja gar keine Rede. Und wenn wir schon den Traum ausspinnen wollen, dann wäre es doch viel interessanter, zu wissen, was Sie thäten!"

„Ich? Sie glauben also thatsächlich, daß ich mich für Hellwig — ach, das ist ja zu dumm!"

„Ich glaube es thatsächlich. Und es schmerzt mich tief, Fräulein Helene." Alfred warf einen schnellen Blick auf die Schwester und den Freund, und da er sie völlig ineinander versunken sah, haschte er die Finger der Nachbarin und küßte sie.

„Sie sind ein Narr, Alfred. Nun kann ich Ihnen nicht mehr vertrauen. Und ich habe Sie doch für meinen besten Freund gehalten, und ich wollte Ihnen gerade heute einen Beweis dafür geben."

„Verlangen Sie von mir, was Sie wollen."

„Jetzt geht es nicht mehr. Sie sollten mir nämlich sagen, ob und wie sich Hellwig Ihnen gegen=

über in diesen letzten Tagen geäußert hat — was mich betrifft."

Alfred tastete nach seinem Glase. „Sie wissen, wie sehr er Sie verehrt."

„Lächerlich. Das sind Ausflüchte. Bestimmtes will ich wissen. Ich möchte mir gern einen Reim auf etwas machen. Im übrigen kann mir seine Meinung natürlich sehr gleichgültig sein. Also heraus mit der Sprache!"

„Wir sind wirklich nicht so vertraut, daß er mir seine Gedanken mitteilte," sagte Berndt zögernd. „Hätte er es aber gethan, so bedarf es wohl kaum der Erwähnung —"

„Daß er von abgrundtiefer Hochachtung für mich übergeflossen wäre, und so weiter und so weiter. Ich sehe schon, auf Ihre Verschwiegenheit kann man zählen. Ich finde das hübsch von Ihnen. Und ich will meine Neugier bezwingen. Es lebe die Diskretion, die Ehrensache ist! Prosit!" Und sie stieß mit ihm an.

„Darf ich Sie morgen vom Theater abholen?" fragte Alfred, kühn gemacht. „O bitte, bitte —"

„Ich weiß nicht — ich werde es Ihnen nachher sagen — ich muß es mir überlegen."

„Jetzt sprechen sie von uns!" rief Hellwig dazwischen. „Sie tuscheln sich seit fünf Minuten gräßliche Heimlichkeiten ins Ohr. Ich beantrage Generalbeichte."

„Wie das böse Gewissen sich verrät!" versetzte Helene. „In der eigenen Schlinge gefangen! Nein,

mein Herr, wir sprachen von uns, durchaus und
ganz allein nur von uns. Wir folgten eben er=
lauchtem Beispiele. Also schön — Generalbeichte!"

„Wir müssen uns so überlegenem Scharfsinne
beugen, nicht wahr, Fräulein Klärchen?" meinte
Hellwig lachend. „Aber beginnen Sie!"

„Erstens erörterten wir die Frage, ob es nicht
an der Zeit wäre, ein Glas Sekt zu trinken. Zwei=
tens gestanden wir uns, daß der heutige Abend un=
gemein langweilig sei und daß es notwendig wäre,
Sie als den schuldigen Teil auf vierundzwanzig
Stunden aus der Gesellschaft zu verbannen."

„Danke schön. Was uns angeht, so waren wir
erstens vollkommen Ihrer Meinung. Ich habe sogar
dem Fräulein Klärchen schon mein neuestes Cham=
pagnerlied hergesagt. Zweitens aber verabredete ich
mit der jungen Dame, und ich hoffe, Sie alle sind
einverstanden, daß wir morgen abend gemeinsam —"

„Halt," unterbrach ihn Helene. Ein beinahe
verächtliches Lächeln flog über ihr Antlitz, und sie
zog die Augenbrauen leicht zusammen. „Ich habe
zu thun, morgen abend. Auf mich wollen Sie
freundlichst verzichten. Es ist aber doch schade, Herr
Hellwig, daß Ihr Gedächtnis so rasch nachläßt.
Denn eigentlich waren Sie auf morgen abend zu
mir zum Thee befohlen."

Hellwig machte ein sehr verblüfftes Gesicht.
„Wahrhaftig! Doch ich glaube, das läßt sich ganz
gut vereinigen —"

„Nein. Ich war ohnehin im Begriffe, meine

Einladung zurückzuziehen. Es ist heute etwas Unerwartetes dazwischen gekommen. Ich muß vielleicht morgend abend verreisen."

"So, so. Recht bedauerlich. Sie machen jedenfalls unsern Bummel mit, Alfred?"

Der Angeredete fuhr auf. "Gewiß, gewiß —."

Ein fast unmerkliches Kopfnicken Helenes sagte ihm, daß seine Antwort klug gewesen war.

"Werde mit dem Ober jetzt mal über unsern Sekt sprechen!" Hellwig erhob sich, Alfred wußte, daß er draußen die ziemlich hohe Zeche begleichen würde, und hatte nichts dagegen einzuwenden. Für ihn handelte es sich immerhin um eine nicht unbeträchtliche Summe, und Hellwigs feinfühlige Art ersparte ihm jede Beschämung.

"Ich habe einen vertraulichen Auftrag an Sie auszurichten, schenken Sie mir eine Minute!" rief Helene Hellwig lächelnd zu und folgte ihm, ohne seine Erwiderung abzuwarten, auf den Gang. "Wie gesagt, nur eine Minute, Fräulein Berndt!"

"Du kommst morgen nicht zu mir?" zischte sie dem Mann draußen entgegen. Es that ihr offenbar unsäglich wohl, die Maske fallen lassen zu können; ihre Augen sprühten, und ihre Wangen röteten sich. "Du kommst nicht? Du glaubst mich mißhandeln und beleidigen zu können?"

"Ich versichere dich, es war mir entfallen. Das kann doch vorkommen," versetzte Hellwig ruhig. "Warum sollt' ich dich beleidigen wollen? Da du mich aber vorhin freigabst —"

„Du zeigtest ja zu deutlich, wie viel dir daran lag, mit dem Mädchen zu balbern —"

Er nahm die Cigarre aus dem Munde. „Mein Kind, für eheliche Scenen ist hier nicht der Platz. Wir sprechen besser übermorgen davon."

„Uebermorgen? Es bleibt also dabei — du wirst morgen —"

„Soll ich mich lächerlich machen?"

„Das ist dein letztes Wort?"

„Aber gewiß. Weshalb der tragische Ton? Die Sache lohnt doch den Kraftaufwand nicht, Helene."

Sie kehrte zu den Geschwistern zurück. Ihr schönes Antlitz zeigte keine Spur mehr von der wilden Erregung des Augenblicks, war wieder blaß und marmorkalt wie vorher.

„Kläre hat mir eben Hellwigs Sektgedicht hersagen müssen," erzählte Alfred mit erzwungener Lustigkeit. „Man sollt' es nicht glauben, dies junge Mädchen und solch ein Gedächtnis! Sie kennt es bereits auswendig —"

„In der That?" Helene blinzelte der Erglühenden, Verwirrten vielsagend zu. „Die Liebe hat ein so scharfes Gehör und ein so gutes Gedächtnis!" Und dann flüsterte sie vor sich hin, daß nur Alfred es verstehen konnte: „Herr Berndt, ich erwarte Sie morgen abend!"

„Ich begreife Alfred nicht," stammelte Kläre unruhvoll. „Er weiß doch, daß Sie kommen wollten. Es muß ihm etwas begegnet sein. Ich möchte nach dem Geschäfte gehen und fragen —"

„Aber, Fräulein!" lachte Hellwig. „Daß ihm etwas begegnet ist, mein' ich auch), glaube jedoch kaum, daß Sie gerade im Geschäfte Näheres über das Wo und Wie dieser Begegnung hören werden. Wir müssen uns schon darauf gefaßt machen, heut abend den beliebten Jüngling zu entbehren."

„Er hat noch nie eine Verabredung mit Ihnen vergessen," verteidigte ihn Kläre. „Er legte immer so viel Gewicht darauf, pünktlich zu sein, wenn er mit Ihnen zusammentreffen wollte."

Hellwig sah auf seine Uhr. „Es ist gar keine Aussicht mehr. Hätte er sich nur verspätet, so wäre er längst hier. Und Sie haben sich vielleicht gar ein wenig auf den heutigen Abend gefreut, Fräulein Klärchen?"

„Gewiß hab' ich das!" Sie nickte eifrig mit dem Kopfe.

„Folglich stimmen wir wieder einmal überein. Und nun erst ärgert mich Alfreds Nachlässigkeit. Sagen Sie ihm morgen doch ja, daß ich sehr böse gewesen wäre. Sie werden es ihm sagen müssen, denn nicht wahr, Sie erlauben nicht, daß ich noch eine halbe Stunde hier bleibe und ihn vielleicht doch persönlich abfange?"

„Aber, Herr Hellwig!" Sie sah ordentlich entrüstet aus. „Warum sollt' ich das nicht erlauben?

Sie werden sich aber langweilen, fürcht' ich. Und schließlich ist Alfred es gar nicht wert, daß Sie seinetwegen den ganzen Abend in die Schanze schlagen."

„Das stimmt allerdings. Alfred ist es nicht wert. Ueberhaupt, Fräulein Klärchen, finde ich, daß wir uns viel zu viel mit diesem Mißratenen befassen. Die Sache liegt doch so. Der dritte hat eine Verabredung gebrochen, er ist der Schuldige — weshalb sollen die beiden andern braven Menschen darunter leiden? Es thut mir nur leid, daß wir beide die Ehrendame Alfred nicht entbehren können, sonst zwäng' ich Sie jetzt auf der Stelle, mit mir zu gehen, und wir wären dann ohne den Pflichtvergessenen vergnügt."

„Zu Ihrem Vergnügen gehören immer Weinstuben, Schauspieler und andere Neuheiten der Saison?"

„Ganz und gar nicht. Wenn mir zum Beispiel jemand in diesem Augenblicke ein Butterbrot und ein Glas Wasser anböte, wäre ich kreuzfidel. Vorausgesetzt ebenso gute Gesellschaft, wie ich in diesem Augenblick habe."

Kläre begriff und konnte ihre Freude nicht ganz verbergen. „Wenn Sie wirklich Gewicht darauf legen, Alfred heute noch zu sehen, und wenn Ihnen unsere bescheidene Küche schmeckt —"

„Sie laden mich also offiziell ein. Ich nehme offiziell an. Falls aber aus der halben Stunde mehrere werden sollten, so trifft Sie die Verantwor=

tung. Ich überhöre nämlich manchmal den Stunden=
schlag. Dem Glücklichen schlägt ja keine."

„So lassen Sie mir wenigstens zehn Minuten
Zeit, daß ich mir ein Hauskleid anziehe und für Sie
sorge." Damit war sie auch schon zur Thür hinaus.
„Sie finden auf dem Tische Bücher," rief sie noch
zurück. „Blättern Sie darin, es wird Ihnen gut thun."

Herr Hellwig brummte etwas vor sich hin, das
keineswegs wie ein Fluch klang, und schaute sich
vergnügt im Stübchen um. Von dem ehemaligen
Reichtum der Familie, den Alfred immer wieder er=
wähnte, war herzlich wenig darin zu entdecken, aber
es machte einen unsagbar gemütlichen und wohn=
lichen Eindruck. Lustiger Urväterhausrat auf den
Schränken, anmutige Spielereien ringsum verstreut,
viel Gesticktes und Gemaltes, das für den guten
Geschmack der kleinen Hausfrau ehrenvolles Zeugnis
ablegte. Herr Hellwig durchstöberte jeden Winkel,
und im Eifer des Suchens schien er sich der Un=
schicklichkeit seines Verhaltens gar nicht bewußt zu
werden. Als er in der Nähe des Ofens endlich
eine Photographie Kläres gefunden hatte, löste er sie
behutsam aus dem Rahmen und steckte sie in die
Tasche. Bald nachher trat das Mädchen ein. Ueber
dem ein bißchen verwaschenen blauen Kleide trug sie
ein zierlich buntes Schürzchen, aber auch die Rosen
an der Brust hatte sie nicht vergessen. Er sah ihr
aufmerksam zu, wie sie auf dem Balkon den kleinen
Tisch deckte, und er tadelte sie lebhaft, als sie eine
große Karaffe voll Bier heranschleppte.

„Ich habe um Wasser gebeten, um Brot und Wasser, wie es einem Gefangenen zukommt."

„Einem Gefangenen?" wiederholte sie. Das Wort war ihr nicht ganz klar. „Was haben Sie denn Böses gethan, daß man Sie gefangen setzen sollte?"

„Gestohlen hab' ich. Hier, sehen Sie, Ihre Photographie!"

Sie nahmen Platz, ohne daß Kläre sich veranlaßt gefühlt hätte, ihm das Bild wieder fortzunehmen oder ihn wegen seiner Eigenmächtigkeit zu tadeln.

„Lieben Sie das Butterbrot ganz dick oder ganz dünn?"

„So, wie Sie es mir gönnen. Ich habe sozusagen lange keins mehr gegessen und verspüre deshalb einen wahren Heißhunger darauf. Also, wenn ich bitten darf, ein richtiges, strammes Butterbrot!"

Es schien ihnen beiden ausgezeichnet zu schmecken.

„Und nun erst das Bier!" rief Herr Hellwig schwärmerisch. „Daß es so gutes Bier giebt, hab' ich bis zur Stunde nicht gewußt und bin doch sechs Semester lang einer der Fleißigsten auf der Universität gewesen. Wo in aller Welt beziehen Sie es nur her? Etwa von Ihrem geheimen Hoflieferanten, Fräulein Prinzessin?"

„O — ich hab' es hier von der Ecke geholt. Es ist ganz gewöhnliches Berliner Bier."

„Sie haben es geholt?" fragte Hellwig verwundert. Dann fiel ihm ein, daß Kläre ja in der That ohne alle Beihilfe die Wirtschaft führe, und er verbesserte sich: „Ich habe Sie gar nicht das Haus verlassen hören. Es geht bei Ihnen entschieden nicht mit richtigen Dingen zu. Wahrhaftig, hätt' ich davon eine Ahnung gehabt, so wäre ich nicht so bescheiden gewesen, was Bildersturm anbelangt."

„Sie sammeln gewiß Photographien, wie andere Marken?"

„Ja. Sie erhalten aber den Ehrenplatz. Sie schließen die Sammlung ab."

„Bis morgen mittag. Dann ist sicher schon wieder ein neues Bild da. Es kommt bei solchen Ehrenplätzen immer allein darauf an, wie viel Blätter im Album noch frei sind."

„Ganz recht."

„Darf ich Ihnen noch ein Butterbrot zurecht machen?"

„Sie lieben mich nicht, Fräulein Klärchen, sonst fragten Sie mich nicht darnach."

Er warf das so harmlos hin, daß sie ihm wirklich nicht böse sein konnte und lächelnd entgegnete: „Wie kommen Sie nur auf diese Idee?"

„Frei nach dem Backfische, der seiner Freundin klagt: Arthur hat mich nicht gern, er fragt mich immer erst, ob er mich küssen darf."

Nach dieser Bemerkung entstand eine kleine Pause. Kläre war verwirrt und wünschte, Alfred möchte jetzt heimkehren, Hellwig aber that, als hätte er nichts Dummes gesagt, betrachtete angelegentlich die Blumen des Balkons und lobte endlich die vorzügliche Leber=

wurst. Es war noch nicht ganz neun Uhr, und er bedachte, daß er bei angemessenem Verhalten recht gut bis dreiviertel auf zehn bleiben könnte. Demgemäß begann er von andern Dingen zu sprechen. Von der Reise, die er plante, und der Kahnfahrt, die er heute morgen unternommen hatte. Kläre war eigentlich mehr für das Rad, aber er schilderte ihr die Wunder des Wassers so lebhaft, die Ausfahrten im ersten Morgenlichte, das pfeilschnelle Dahinschießen auf dem freundlichen Elemente, die idyllische Rast an besonnten Ufern und die friedliche, fromme Ruhe des Naturgenusses, daß sie ihm mit gefalteten Händen, andächtig und sehnsüchtig zugleich, lauschte. Wie wunderschön mochte solch eine Streife sein, wenn der Geliebte die Ruder führte und sie am Steuer saß, wenn seine starken Arme das schmale Boot durch die Wellen jagte und kein Sturm ihr etwas anhaben konnte ...

„O, ich weiß. Man sieht die jungen Leute auf der Spree. Sie besitzen selbst ein Boot, nicht wahr?"

„Ein ganz passables. Ich rudere fast jeden Tag."

Er bat sie nicht, gelegentlich, bei recht freundlichem Wetter, an einer Fahrt teilzunehmen, aber das Bild, das sie sah, schwebte auch ihm vor Augen.

Und nun verrannen die Minuten so geschwind und entglitten ihnen unbemerkt, als säße in jeder ein geschickter Rudersmann und treibe sie mit atemloser Hast auf das vielgenannte Meer der Vergangenheit hinaus. Hellwig erzählte, vorsichtig und ge=

wandt, von seinem Leben, seinem Thun und Wirken, und durch den dünnen Schleier, den er darum hüllte, blickte die Zuhörerin in eine fremde, märchenschöne Welt hinein. Ihre Neugier malte ihr deren Wunder im einzelnen aus, während er noch sprach; es war, als empfinge ein Kind des eisigen Nordens zum ersten Male gewisse Nachricht von der ewigen, seligen Wärme der Tropen, von der Pracht ihrer Palmenwälder, von all dem wilden Reichtum, den Gott über sie ausgeschüttet hat. Von den funkelnden, saphirenen Nächten des gesegneten Südens...

Als Hellwig scheiden mußte, begleitete ihn Kläre, noch immer im Zauberbanne befangen, bis an die Thür. Sie ließ ihm willig ihre Hand, die er immer wieder küßte; sie mußte an sich halten, daß sie nicht in helle Thränen ausbrach. Und sie wußte doch nicht, ob es Thränen der Freude oder der Wehmut waren, die sich in ihre Augen drängten, und sie wußte nicht, was es war, das sie gewaltsam, mit süßem, unwiderstehlichem Zwange zu diesem Manne hinzog. Sie blieb zwischen Thür und Angel stehen, während er schon auf dem beleuchteten Treppenflure war, und sog gierig seine lieben, lustigen, so zärtlich klingenden Worte ein, unbekümmert um das Geklatsch etwaiger Lauscher. Und sie verdachte es ihm beinahe, daß er dann plötzlich mit jähem Schrecken Abschied nahm, denn es war fast zehn Uhr, und es ging doch nicht an, daß man ihn noch so spät allein mit ihr sah, daß sie ihm vielleicht gar das Hausthor öffnen mußte...

Mit offenen Augen, in einem Rausche des Glückes, träumte sie in ihrem Bette vor sich hin und sorgte sich nur darüber, ob er ihr Bild wirklich in das häßliche Buch zu all den übrigen thun, oder ob er es bei sich tragen würde. Sie hätte sein Bild nicht von sich gegeben. Und es erfüllte sie mit unbändigem Stolze, daß ihr Spiegel ihr vorhin gesagt hatte, wie schön sie war. Der Spiegel führte so vermessene Reden erst, seitdem Hellwig nicht müde wurde, immer neue Schmeicheleien für sie zu ersinnen. O ja, sie durfte es getrost aufnehmen mit den geputzten und geschminkten Damen, die gestern im Theater gewesen waren, die sie heute morgen auf der Straße mit ungewöhnlichem Interesse betrachtet hatte. Er war so verwöhnt und bemühte sich doch um sie; nicht mehr Alfreds wegen, nur um ihretwillen würde er in Zukunft die Geschwister besuchen. Sie fand keinen Schlaf, sie wollte keinen finden. Den süßen Trank der Erinnerung schlürfen bis auf die Neige, immer von neuem beseligt lächelnd bei dem farbenbunten Gedanken, daß der Prinz-Befreier erschienen war... Nach zwei oder drei Stunden hörte sie Alfred heimkommen.

* * *

Der junge Mann fand so wenig Ruhe wie seine Schwester. Die brennende Cigarre im Munde, mit seltsam ernstem, nachdenklichem Gesichte wanderte er rastlos durchs Zimmer. An seinen Kleidern haftete noch das Parfüm des herrlichen Weibes, und der schwüle Duft gestaltete sich und nahm Formen an.

ihre göttlich schönen Formen, und er meinte ihr
weißes, lockendes Gesicht zu sehen. O, der Fluch
der Armut, der auf ihm lastete! Nie hatte er ihn
so bitter empfunden, sich nie so sehr seiner geschämt
wie heute! Die blendende Pracht, die ihn in ihrer
Wohnung umgab, der kostbare Schmuck, den sie trug,
der strotzende Reichtum ihres Haushaltes — höhnisch
grinste ihn all dieser Luxus an, wie ein einziger be=
leidigender Vorwurf. Daß ihn das Glück nicht auf
Hellwigs Platz gestellt hatte, daß es ihn nicht wenig=
stens für eines Monats Dauer erhöhte und krönte!
Nur ein einziges Mal sich ausleben, allen Wünschen
und Begierden des Blutes lächelnd nachgeben können,
ohne die graue, erbärmliche Sorge um das Mor=
gen! Nur einen einzigen Monat lang nicht wie ein
dürrer Geizhals rechnen müssen, nur einmal die süße,
gedankenlose Wonne des Ueberflusses empfinden! Er
zermarterte sich den Kopf um einen Weg nach dem
Ziele, doch er sah keinen. Sein Pfad ging durch
schmutzige, trübe Niederungen... Ach, wie durfte
der zerlumpte Narr sich vermessen, die Hand nach
dieser Königin auszustrecken, sich um die Gunst dieser
Stolzen zu bewerben, die ihren Verehrern nur den
kleinen Finger hinzureichen brauchte, um ihn mit
Brillantringen bedeckt zurückzuziehen! Es war frecher
Irrsinn ohnegleichen, daß er in die Schar dieser
Goldprotzen eintrat, ihr Nebenbuhler sein wollte.
Der Korb Orchideen, den er heut mittag Unter den
Linden gekauft und ihr gesandt hatte, kostete ihn
mehr als zwei Drittel seines Gehaltes für den kom=

menden Monat, stürzte ihn mit einem Schlage abgrundtief in Schulden. Und sie hatte gar nichts Besonderes an den Blumen gefunden, nur flüchtig lächelnd dafür gedankt... Sie war an solche Aufmerksamkeiten gewöhnt. Sie ahnte nicht, daß schon ein paar hundert Mark einen Menschen ruinieren können; sie würde es gewiß für ganz alltäglich gehalten haben, wenn er im eigenen Wagen an ihrem Hause vorbeigefahren wäre. Dergleichen bemerkte sie gar nicht, diese Kleinigkeiten, die sich am Rande von selbst verstehen, fielen ihr nicht auf... Morgen würde er sie wiedersehen. Und er wußte doch nicht, wo er das Geld hernehmen sollte für ein paar von den seltenen Blüten, die sie so sehr liebte, und ihm grauste bei dem Gedanken, daß sie mitten im Gespräche plötzlich eine jener tollen Launen äußern könnte, für die sie berühmt war, und die Tausende zu kosten pflegten.

Dann war alles vorbei. Er durfte es dahin nicht kommen lassen, er mußte auf der Stelle diese unsinnige Leidenschaft niederzwingen, deren schließliches Ende ohnehin leicht voraus zu sehen war. Noch lag eine ehrenvolle Lösung des Verhältnisses in seiner Hand.

Aber es war zu spät dazu. Er war rasend, er war ein Verbrecher, ein abscheulicher Schwächling — er wußte es, und doch glühte jede Fiber seines Leibes vor inbrünstiger Sehnsucht nach der Angebeteten, und doch war er ihr noch diesen Abend rettungslos verfallen. Dieser Abend... Fast un-

verhüllt hatte sie ihm zu erkennen gegeben, daß sie
ihn gern sähe vor allen andern. Sie hatte den
Schüchternen, der an sein Glück nicht glauben wollte,
ermutigt, hatte ausschweifende, wild selige Hoffnungen
in ihm erweckt. Er rief sich jeden Blick, jedes Wort,
jede ihrer Geberden ins Gedächtnis zurück. Er saß
wieder neben ihr an der für zwei verschwenderisch
gedeckten Tafel, die Römer klangen wieder zusammen,
und der schwere, blumige Rotwein funkelte ... Er
hörte mit eitlem Lächeln die feinen Spöttereien der
Einzigen über Hellwig und seinesgleichen an, er
durfte ihre Hand in seiner halten, während sie ihrer
Sehnsucht nach einem, einem Menschen Ausdruck lieh,
den sie von Herzen achten und deshalb von Herzen
lieben könnte. Wie göttlich schön sie in diesen Augen=
blicken aussah! Das wunderbare Oval ihres perl=
weißen Gesichtes, die berauschende Feinheit jedes
Zuges, die durch das leichte Gewebe ihres Negligés
schimmernde Nackenpracht, und diese Arme, die er
küssen durfte ... Warum zweifelte er daran, daß
sie ihn liebte? Warum empfand er bei alledem eine
leise, leise Furcht vor ihr, die ihn knabenhaft be=
fangen machte und ihn daran hinderte, sich von der
Glückseligkeit der Stunde ganz überfluten zu lassen,
sich willenlos dem Sturme hinzugeben? Ach, die
Furcht hatte ihren Ursprung wieder nur in seiner
leidigen Geldnot, und die Zweifel, die ihn quälten,
wären längst zerstoben, wären nie aufgetaucht, wenn
er frei und sicher, reich vor ihr stehen könnte ...

Sie liebte ihn. Ihre Neigung war uneigen=

nützig, aber eben deshalb durfte er sie nicht an=
nehmen. Eben deshalb war ja die Gefahr doppelt
groß für ihn, daß er sich ihretwegen zu Grunde
richtete; eben deshalb würde er die Beschämung nicht
ertragen, die kommen mußte, die häßliche Schande
der Armut.

Aber er liebte sie. Mehr als das: er war seit
heut abend nicht mehr Herr seiner selbst. Sie hatte
ihn verhext, er konnte aus ihrem Bannkreise nicht
mehr hinaus. Sie mußte ihm gehören, ganz und
gar und ausschließlich).

So oder so.

Und als er sich niederlegte, kam ihm nur ganz
flüchtig der Gedanke, daß er morgen kälter, vielleicht
vernünftiger sein würde. Dieser Gedanke sah aber
nicht wie eine freundliche Hoffnung aus, sondern
verdroß ihn allen Ernstes.

Es war eine befremdliche Veränderung mit Alfred
vorgegangen. Er hatte Kläre nie durch besondere
Liebenswürdigkeit verwöhnt und seinen Launen ihr
gegenüber immer ohne Bedenken die Zügel schießen
lassen, fühlte er sich doch ganz und gar als Haupt
und Erhalter des kleinen Hausstandes. Aber früher
genügte doch immer ein freundliches, schmeichlerisches
Wort des Mädchens oder in schlimmen Fällen eine
klug erdachte Aufmerksamkeit, die sie ihm erwies, um

seine Mißstimmung zu verscheuchen. Sein leichtes, glückliches Naturell setzte sich zudem über allerhand Widerwärtigkeiten und Aergernisse anmutig hinweg, und wenn er es einerseits die Schwester entgelten ließ, daß ihm morgens sein Chef ernste Vorhaltungen gemacht hatte, so durfte sie andererseits dafür abends an der Vorfreude teilnehmen, womit ihn ein bevorstehendes Gelage oder süßes Stelldichein erfüllte. Kläre war genügsam und kam mit wenigem aus; auch liebte und bewunderte sie den eleganten, viel umworbenen Bruder, der so heimisch war in der großen Welt ihrer Sehnsucht. Seit geraumer Zeit aber hatte sie Alfred nicht mehr lächeln sehen. Mürrisch und fast ohne Gruß ging er morgens seinen Geschäften nach, sein Gesicht war bei der Heimkehr ebenso finster; zuweilen wurden während der Mahlzeit keine zehn Worte zwischen den Geschwistern gewechselt. Unbedeutende Anlässe machten ihn wild aufbrausen, und teilnahmvolle Fragen Kläres beantwortete er mit grober Zurückweisung. Auch abends war sie nur insofern für ihn vorhanden, als sie ihm bei der Toilette behilflich sein konnte; Dank erntete sie freilich hier so wenig von ihm wie zu einer andern Tageszeit. Das Mädchen hätte sich zweifellos gegen diese Mißhandlung aufgebäumt, wenn sie nicht immer ihres lieben Geheimnisses eingedenk gewesen wäre und befürchtet hätte, Alfred müßte dahinter gekommen sein. Zuerst glaubte sie wirklich, daß der Bruder nur darum so grimmig und verdrossen wäre, weil er von ihren Spazier=

gängen mit Hellwig erfahren hatte. Sie ließ deshalb seinen Unmut geduldig über sich ergehen und war herzlich froh, daß ein Tag nach dem andern verrann, ohne daß er sie zur Rede stellte. Endlich merkte sie dann freilich doch, daß er nichts wußte, daß ihn persönliche Angelegenheiten viel zu sehr in Anspruch nahmen, um ihm Zeit zur Beobachtung der Schwester zu lassen. Und jetzt hatte sie erst recht keine Ursache, ihm zu grollen. Es schien ihr sogar sehr bequem, daß er nicht mehr von Hellwig mit ihr sprach; er ersparte ihr dadurch manches verlegene Erröten und sicherte sie davor, daß ihr doch einmal selbstverräterische Worte entschlüpften. Lachend und glückselig überließ sie sich der holden Leidenschaft, die wie Sturmwind über sie gekommen war, und die Tage waren selten, wo sie Hellwig nicht sah, nicht mit ihm unter den Bäumen des Tiergartens, über die Wege des Grunewaldes wandelte oder sich von ihm spazieren rudern ließ. Natürlich vernachlässigte sie darüber einigermaßen das Hauswesen — soweit ihr solche Vernachlässigung überhaupt möglich war, denn thatsächlich arbeitete sie jetzt doppelt so angestrengt wie früher, um die ersparten Stunden dem Geliebten widmen zu können. Rügte dann Alfred brummig dies und das und beklagte sich in heftigen Ausdrücken darüber, daß jetzt zu seiner Bequemlichkeit weit weniger als bisher geschehe, so wagte sie in ihrer Angst nicht zu widersprechen und stand am andern Tage lieber noch eine Stunde früher auf, um das Haus in tadelloser Ordnung

zu halten. Und je ungerechter der Bruder wurde,
desto gütiger und freundlicher behandelte sie ihn.
So viel Sonne und Frühling war in ihrem Herzen,
so viel leuchtende Lebenslust, daß sie tiefere Finster=
nis zu erhellen vermocht hätte, als die war, die
Alfred in das kleine Heim brachte. Nicht aus Neu=
gier, aus liebender Anteilnahme mühte sich Kläre
deshalb, den Grund seiner üblen Laune zu erfahren.
Sie hätte dann mit tausend Freuden gethan, was
in ihren bescheidenen Kräften stand, um den Bruder
so glücklich zu machen, wie sie selbst war.

Ueber Nacht, wie ein sonnenschöner Ostermorgen
nach treibenden Regengüssen, war das Glück ge=
kommen. Sie hatte sich am Morgen nach dem Be=
suche Hellwigs besonders herausgeputzt, war dabei
so übermütig und lustig gewesen, daß selbst Alfred
verwundert fragte, was sie denn so Schönes geträumt
hätte. Ihre Ahnung betrog sie nicht. Der Bruder
war noch nicht lange fort, als Hellwig kam. Er
redete sich damit heraus, daß er Alfred dringend
sprechen müßte und daß er deshalb so früh mit der
Thür ins Haus gefallen wäre, aber sein gar nicht
enttäuschtes Lächeln und der prächtige Azaleentopf,
den er trug, straften ihn Lügen. Den Topf hatte
er in der Potsdamerstraße gekauft, bis vors Haus
bringen lassen und dann eigenhändig die vier Treppen
hinaufgeschleppt, damit Kläre sähe, daß ihm für sie
keine Herkulesarbeit zu schwer wäre. Der schöne
Stock sollte sie entschädigen für die Blüte, die er
ihr vorgestern gestohlen hatte. Nach einigem Hin

und Her waren sie in ein vergnügtes Gespräch gekommen, Kläre hatte von dem Portwein, den sonst nur der Vormund vorgesetzt erhielt, gespendet und Herr Hellwig die Ehrengabe mit geziemender Ehrfurcht entgegengenommen. Sie trennten sich erst, als Kläre keine Sekunde mehr zu verlieren hatte, wenn anders Alfred rechtzeitig sein Beefsteak auf dem Tische sehen sollte. Hellwig aber schied nicht, ohne von dem Mädchen das feste Versprechen empfangen zu haben, daß sie sich nachmittags zu einem kleinen Spaziergange von ihm abholen lassen würde. Um den Klatschmäulern keinen Stoff zu bieten, verabredete man, sich an einer stillen Straßenecke im Tiergartenviertel zu treffen. Beide waren fünf Minuten vor der festgesetzten Zeit an Ort und Stelle.

Kläre durfte sich keiner besonders glorreichen Schulerinnerungen rühmen und hatte später kaum je Anlaß gehabt, die paar mühselig erworbenen Kenntnisse auszubreiten. Auch Herr Hellwig befand sich in der unangenehmen Lage, hinsichtlich des allgemeinen Wissens in jedem Schulamtskandidaten eine unbestrittene Autorität achten zu müssen. Aber er verstand sich aus dem Grunde darauf, gefällig und scheinbar witzig zu plaudern, er hatte etwas von der Welt gesehen, er konnte Gedichte machen und sagte Kläre eins auf, das er angeblich in vergangener Nacht verfaßt hatte. Es kam etwas von dunkelblonden Locken und einer Stimme, wonnig wie Glocken, darin vor, auch von Augen, zauberisch

braunen, ging die Rede, und da „raunen" darauf
reimte, erkannte Kläre, daß das Gedicht auf sie gehen
und wirklich eigens für sie hergestellt sein müßte.
Denn braune Augen sind zu selten, als daß jeder
junge Mann richtig gereimte Verse darauf vorrätig
haben könnte. Folglich war sie sehr glücklich, und
Herr Hellwig stieg ungemein in ihrer Wertschätzung.
Im übrigen hätte er gar keine Liebeslieder zu dichten,
auch gar nichts von der Schweiz und den Anden
zu erzählen brauchen, selbst seine Späße, über die
sie doch immer so hell auflachte, hätte er getrost für
sich behalten dürfen — Kläre wäre trotzdem der
Ueberzeugung gewesen, niemals im Leben einen so
gewandten und geistvollen Plauderer gehört zu haben.
Sie war eben gerade so in Herrn Hellwig verliebt,
wie Herr Martin Hellwig in sie. Und wäre es
dunkler gewesen, als sie sich an der Pferdebahnhalte=
stelle im Parke vierzig bis fünfzig Minuten lang
Adieu sagten, so hätte sie sich wahrscheinlich von ihm
küssen lassen. Heute indes wehrte sie sich mit Rück=
sicht auf die vereinzelt vorüberfahrenden Wagen ganz
entschieden dagegen.

Ihrem Schicksale entging sie deshalb freilich nicht.
Und so waren sie ein paar richtige Liebesleute ge=
worden, und all die herrlichen Heimlichkeiten, die eine
junge Neigung immer toller entfachen, und alle Auf=
regungen des Versteckspiels, das zwei Menschen un=
lösbar an einander schmiedet, wurden ihnen beschert.
Martin Hellwig hatte seine Erfahrungen und seine
Glaubensgrundsätze über die Frauenwelt bisher just

nicht aus den lauterſten Quellen geſchöpft. Großer Reichtum iſt immer ein Hindernis für reines Genießen, das Gold öffnet alle, auch hohe und ſtolze Pforten ſo leicht und raſch, daß der Beſitzer dieſes Zauberſchlüſſels achtlos an den niederen Thüren vorbeigeht, die nicht aufſpringen, wenn er anklingt. Ahnt er doch nicht, daß gerade hinter den beſcheidenen, nicht mit Spitzen verhängten Fenſtern das Glück wohnt. Der junge Lebemann hatte bislang nur nötig gehabt, einen Check auszufüllen, um alsbald am Ziele mehr oder minder kühner Wünſche zu ſein. Er verachtete deshalb die Weiber einigermaßen, wie alle es thun, die eben nur die Weiber, aber nicht das Weib kennen. Kläre Berndt war ihm etwas Neues. Er hatte das Ewigweibliche in ſeinen raffinierten Erſcheinungsformen geſehen; er war dann, trotzdem er in Berlin allein ſtand, in Beziehungen zu braven, jungen Damen aus der braven Familiengeſellſchaft getreten, ohne ſich hier auch nur vorübergehend zu binden. Er wollte nicht geheiratet werden. Als er nun Kläre gegenüber die Rede ganz allgemein auf die Ehe brachte, hatte ſie davon wie von etwas in grauer Zukunft Liegendem geſprochen, wie von einer Sache, die ſie perſönlich gar nichts anging. In der That, an Hochzeit und Heirat dachte das Kind nicht, ſo wirkliche Dinge ſpielten in ihren Träumen noch kaum eine Rolle. Sie konnte ſich auch gar nicht vorſtellen, was Alfred ohne ſie anfangen ſollte. Hellwig fühlte es mit nicht geringem, eitlem Stolz, daß ihre Neigung allein ſeiner Perſon

galt, und diese ungewohnte Selbstlosigkeit rührte und reizte ihn. Er verglich dies jungfräuliche, holdselige Geschöpf, das ihm argloses Vertrauen darbrachte und in dem er doch die Schwester seines Freundes, das Mädchen aus gutem Hause, achten mußte, mit seinen „Freundinnen". Da Kläre obendrein bild=
hübsch war, fiel dieser Vergleich so sehr zu ihren Gunsten aus, daß Martin Hellwig sich empfindsam gelobte, wie ein Ehrenmann an der Kleinen zu handeln, gleichzeitig aber auch den Verkehr mit diesem und jenem anderen Dämchen aufzugeben. An dem Abend des gesegneten Junitages, da er Kläre im Arme gehalten und erbarmungslos, unersättlich ab=
geküßt hatte, schickte er Helene Hollmann ihre Briefe zurück und schrieb ihr, daß ihn Umstände zwängen, von der mit ihr vereinbarten Reise nach Ostende abzusehen. Er schrieb das mit so verzweifelt wenigen Worten und so geschäftsmäßig kühl, daß sie sofort auf die üblichen Mittel, ihn wieder zu versöhnen, Verzicht leistete. Mit einigem Aerger erkannte sie, daß Hellwig Alfreds Bemühungen um ihre Gunst und ihren Flirt mit dem jungen Berndt gar nicht beachtet hatte, um wieviel weniger dadurch zur Eifer=
sucht getrieben worden war. Die Kluge mutmaßte wohl den Zusammenhang, glaubte die glückliche Neben=
buhlerin wohl zu kennen. Doch hütete sie sich, vor=
eilig dem Bruder Kläres die Augen zu öffnen. Sie hoffte mit Bestimmtheit, daß Hellwig bald genug zu ihr zurückkehren würde, und mußte also alles ver=
meiden, was geeignet war, den Bruch dauernd, un=

heilbar zu machen. Alfred Berndt hatte nur Augen
für sie, vergaß um sie sich selbst und die Welt.
Aber ein leiser Haß gegen Hellwig, den er noch
immer für den Günstling der schönen Schauspielerin
hielt, war in ihm entglommen, lauerte vielleicht nur
auf einen Anlaß, wild aufzuflammen. Dem jungen
Menschen war es zuzutrauen, daß er Hellwig in be=
leidigender Weise zur Rede stellen würde, wenn er
von dem Verkehre des Freundes mit der Schwester
erfuhr. Hellwig aber konnte dann nicht im Zweifel
sein über die Hand, die den Schlag geführt hatte,
und Helene kannte ihn genügsam, um zu wissen, daß
er der Ränkespinnerin nie verzeihen, sich vielmehr
nachdrücklich an ihr rächen würde. So hielt sie es
denn für geratener, einstweilen nichts gegen die Fein=
din zu unternehmen, Alfred sogar, wenn's not that,
zu beruhigen, nur damit kein Verdacht auf sie fallen
konnte. Die Frucht mußte ihr ohnehin zureifen, das
einfache, verlegene Gänschen konnte den Verwöhnten
auf die Dauer nicht befriedigen. Und sie beschränkte
sich darauf, hier und da ein bißchen zu spionieren.
Einmal fragte sie im Boothause nach Hellwig und
erhielt von dem Klubdiener die Antwort, daß er mit
einer Dame spreeabwärts nach Ostend gefahren wäre.
Sie ließ sich das Fräulein beschreiben; es paßte
genau. Ihr Verdruß war nicht sonderlich groß, als
sie so Gewißheit erlangt hatte. Sie lächelte sogar
munter vor sich hin, als sie wieder zum Bahnhofe
ging: Der Zufallsscherz gefiel ihr, daß sie mit Hellwig
nach dem strahlenden Modebade hatte fahren wollen

und daß dies schlichte Mägdelein sich mit der bescheidenen Spreewirtschaft ähnlichen Namens begnügte. Ostende und Ostend. Sehr bezeichnend, dachte sie bei sich, und glaubte jetzt wirklich keinen Zweifel mehr daran hegen zu dürfen, daß sie den lebensfreudigen, genußsüchtigen Weltmann sehr bald wieder in ihrem Boudoir, zu ihren Füßchen sehen würde. Und dann wollte sie ihn einmal recht nach Herzenslust auslachen.

Inzwischen ließ sie sich die Huldigungen Alfreds gefallen. Sie verabsäumte nichts, ihn eng an sich zu fesseln, wußte sie doch, daß er Hellwigs Vertrauen besaß und sie so jederzeit übers Thun und Treiben des Flüchtlings unterrichten konnte. Sie quälte Berndt nicht mit absonderlichen Launen und hochgespannten Ansprüchen, es war ihr kein Geheimnis, daß er in Geldfragen behutsam sein mußte, und sie wollte ihn nicht zu gefährlichen Ausschreitungen verleiten. Nach ihrer Meinung gab er weniger als nichts für sie aus, und gelegentlich sagte sie ihm das auch im Scherze. Sie hatte keine Ahnung davon, daß er ihretwegen bereits tief verschuldet war und daß jeder Tag seinen Ruin vervollständigte. So sehr war sie daran gewöhnt, auch die kostspieligsten und tollsten Wünsche erfüllt zu sehen, so leichtfertig ging man in ihrem Kreise mit dem roten Golde um, daß der arme Alfred in ihren Augen wirklich ein Ritter von recht trauriger Gestalt war. Sie suchte ihn sorglich vor allen unnützen Ausgaben zu bewahren, es amüsierte sie, auch einmal die Tugend

der Sparsamkeit zu üben, und sie verwies ihm ernst=
haft seine Blumenspenden und kleinen Geschenke.
Daß sie den eitlen Menschen dadurch an seiner ver=
wundbaren Stelle traf, daß ihre fast mütterlichen
Warnungen und Bitten ihn tödlich verletzten, das
fiel der gutmütigen Theaterprinzeß nicht entfernt ein.
Sie meinte es nach ihrer Ansicht redlich mit ihm
und glaubte sich seinen Dank zu verdienen. Alfred
aber verzehrte sich in ohnmächtiger Wut, in ohn=
mächtigem Hader mit dem Schicksal, das ihn zur
Armut verdammt hatte. Er brütete rastlos über
verworrene Pläne, die ihn reich machen sollten; er
zitterte vor rasendem Neid und empfand es allemal
wie eine persönliche Beleidigung, wenn dritte in
seiner Gesellschaft lächelnd große Summen vergeudeten.
In den Augen der Geliebten unter Hellwig zu stehen,
von ihr für einen Habenichts gehalten zu werden —
die bloße Vorstellung machte ihn wahnsinnig. Hätte
er Humor besessen, so wäre es ihm ein Leichtes ge=
wesen, gerade dadurch Einfluß und Ansehen unter
dem lockeren Völkchen zu erlangen, daß er mit seiner
Armut protzte und seine ewige Geldnot munter ver=
spottete. Aber solcher Selbstüberwindung war der
maßlos Eitle nicht fähig. Er hätte eher ein gemeines
Verbrechen begangen, als sich so weit zu erniedrigen,
so zu demütigen. Und doch hielt er sich nur noch
durch unsinnige Prahlereien und gelegentliche Volten=
schläge mit leidlichem Anstande aufrecht — freilich
auch nur denen gegenüber, die zu harmlos und un=
schuldig waren, um ihn zu durchschauen.

Er wußte nicht mehr aus noch ein. Im Bureau hatte er bei allen Kollegen, die dafür erreichbar waren, Anleihen gemacht, die meisten unter der ausdrücklichen Bedingung, die vorgestreckten Beträge bei der bevorstehenden Gehaltszahlung zurückzugeben. Daß er mit Hilfe von allerhand verwegenen Schwindeleien sein Gehalt für diesen und den kommenden Monat bereits bis auf den letzten Pfennig vorweg erhoben hatte, davon wußte niemand außer dem alten Kassierer, dem seine kühnen Mären das Herz gerührt hatten. Als ihm gar kein anderer Ausweg mehr blieb, war er nach hartem innerem Kampfe Hellwig mit der Bitte um ein paar hundert Mark näher getreten. Er hatte von unvorhergesehenen Ausgaben gesprochen, die ihm aus der Krankheit einer alten, unterstützungsbedürftigen Verwandten entstanden waren, und Hellwig war glücklich gewesen, dem Bruder seiner geliebten Freundin aus einer kleinen Verlegenheit helfen zu können. An sich hielt er, der von Borggenies schon um nicht unbeträchtliche Summen betrogen worden war und seitdem in jedem Darlehenheischenden einen Gauner sah, an sich hielt er alles Schuldenmachen für unfein und verächtlich. In diesem Falle jedoch freute es ihn, daß sich Alfred eine Blöße gab. Er gewann dadurch Berndt gegenüber seine frühere Sicherheit zurück, brauchte sich nun eigentlich nicht länger vorzuwerfen, daß er durch die Heimlichkeiten in seinem Verkehr mit Kläre die Pflichten der Freundschaft verletzte. Er war nun mit Alfred gewissermaßen quitt. Und dies befreiende Gefühl hätte er gern teurer bezahlt. Alfred beurteilte zu seinem Schaden Hellwigs Stimmung falsch. Argwöhnisch setzte er bei Hellwig Schadenfreude und höhnisches Staunen voraus, Empfindungen, die ihm sicher gekommen wären, wenn sich Hellwig in seiner Lage befunden, wenn er eine solche Bitte von jemanden entgegengenommen hätte, der bisher seinesgleichen gewesen war. In seiner von Haß und Scham, Verwirrung und Wut erfüllten Seele hatten ruhige Erwägungen keinen Raum mehr. Das liebenswürdig-verbindliche Lächeln, womit Hellwig ihn empfangen und angehört hatte, deuchte ihn ein ausgesucht frecher Schimpf, und die Schnelligkeit, mit der das peinliche Geldgeschäft von dem andern erledigt worden war, hielt er für den Ausfluß dreisten Protzentums. Die bereitwillig gewährte Hilfe hatte ihn nicht dankbar gestimmt, sondern nur seine Abneigung gegen Hellwig verschärft.

Es kam hinzu, daß der Geldbetrag nicht annähernd groß genug war, um ihn zu retten. Wohl machte er ihm für einige Tage Luft, aber dann hatten die Verlegenheiten wieder die alte, bedrohliche Höhe erreicht. Alfred dachte daran, sich mit dem Vormunde ins Einvernehmen zu setzen. Der alte Herr huldigte indes abgeschmackt philisterhaften Anschauungen, und es war sehr die Frage, ob er aus einem offenen Geständnisse Alfreds nicht Anlaß nehmen würde, sich noch eingehender als bisher um die Verwendung der Vierteljahrszinsen zu bekümmern. Daß er gute Ermahnungen in Masse von ihm be-

kommen würde, dessen war Alfred sicher; mit dem
Gelde jedoch pflegte der graue Geizhals in lächer=
licher Weise zu kargen. Kläre hatte Einfluß auf
ihn und hätte zweifellos auch sonst für den Bruder
das Letzte gethan, aber sich ihr anzuvertrauen, hielt
Alfred für unter seiner Würde. So ließ er sich
denn vom Strom vorwärts schnellen, ruderlos und
ohne Kenntnis der Wasserstraße. Er wußte nur,
daß das Gewitter über ihm hing und darauf lauerte,
ihn zu vernichten. Die Frage war allein, ob heut
oder morgen.

Von Helene Hollmann lassen konnte er nicht
mehr. Die sinnlose Leidenschaft versengte ihm Herz
und Hirn, so unumschränkt gebot dies Weib über
ihn, daß er auf ein Wort von ihr ohne Bedenken
die Last verdoppelt hätte, die ihn doch jetzt schon
zermalmte. In ihrer Nähe vergaß er die nieder=
drückenden Sorgen, die ihn, wenn er von ihr ge=
gangen war, wieder umfangen hielten bis zum näch=
sten Abend. Und die Entscheidung stand vor der
Thür. Wenn es an den Tag kam, wie er seine
Arbeitsgenossen betrogen hatte, mußte er eine schmach=
volle Entlassung vergewärtigen. Dann war er ohne
Unterhalt, ein Bettler, den die Schwester ernähren
mußte. Die Schwester, das arme Ding, dem er
die paar Spargroschen, den erbärmlichen Ueberschuß
ihrer fleißigen Wirtschaft, jetzt schon abgelistet hatte ...

„Hurra, Jägersmann Berndt! Was bringt der
Grillenfang heuer?" lachte ein junger Herr mit kurz=
geschorenem Kopfe und schmißgeziertem Antlitze über

den Tisch herüber, während er an seinem Kneifer rückte. „Ich beantrage, wir versuchen es noch ein= mal mit Moët und Chandon; der Pfropfen erlegt die Hauptgrille!" Alfred fuhr auf und stimmte in das Lachen ein. Was überkam ihn nur, daß er hier, an der Seite Helenens, seinen düstern Gedanken nachhing? Verfolgten ihn die Quälgeister schon bis in diesen wohligen Schlupfwinkel? O, wie liebte er diesen mit verschwenderischem und doch so behag= lichem Luxus ausgestatteten Raum, diese eichen= geschnitzten, bildgeschmückten Wände, die dicken Teppiche, die Sammt=Vorhänge, das goldene Licht und den Wein und die süßen Frauenstimmen! Wie der be= häbige, vornehme Kellner auf dem Gange jedem Unberufenen den Eintritt wehrte, so hatte er bis= lang auch die nagenden Kümmernisse nicht über die Schwelle gelassen. Und nun waren sie doch ein= gedrungen . . .

„Sie gefallen mir nicht, Herr Berndt!" wandte sich Helene mit leichtem Kopfschütteln an ihn. „Es ist immer, als vermißten Sie hier jemand." Das sagte sie, weil sie selbst jemanden vermißte.

„So ungalant wird Herr Berndt doch nicht sein!" meinte die brünette Begleiterin eines offenbar sehr müden Herrn, der sich ungezwungen in eine Ecke des Diwans gelagert hatte, und verzog ihr pikantes Backfischgesichtchen zu einer niedlichen Schmollmiene. Dabei riß sie aus dem Rosenstrauße ihrer Nach= barin unversehens eine dunkelrote Blüte und warf sie Alfred mit geschicktem Wurfe gerade auf die Nase.

„Dementieren Sie Fräulein Hollmann!" rief der Kurzgeschorene und befestigte seinen Klemmer, der durchaus nicht stand halten wollte, neuerdings mit energischem Rucke. „Und nun lassen Sie uns noch ein Hoch ausbringen! Es fehlt ja niemand in unserm Kreise, wir unterhalten uns, Gott sei Dank, auch in Abwesenheit anderer ganz passabel — aber trotzdem wollen wir auf die baldige Bekehrung Martin Hellwigs ein Glas leeren!" Er füllte mit leise zitternder Hand die Kelche. Sein Gesicht glühte, und auch die Züge des Herrn in der Diwanecke waren von den Geistern des Weines dunkel gerötet. Niemand sah auf Helene, die bei der unerwarteten Nennung just dieses Namens zusammengezuckt war und sich ein wenig verfärbt hatte. Die Mädchen ergriffen jubelnd die Gläser, neckten sich gegenseitig mit ihren roten Ohrläppchen und stießen fröhlich an. Die Brünette schien nicht übel Lust zu einem kecken Solotanze zu haben, die andere gönnte ihr aber den künstlerischen Triumph nicht und begann laut zu deklamieren:

„Frankreichs schimmernden Champagner,
Zauberfluten, süß und golden
Tranken einst die edlen Polen
Aus den Schuhen ihrer Holden.

Solchen Schuh hat jeder Pole
Siebenmal nur leer getrunken;
Sonst vom Uebermaß des Weines
Wär' er untern Tisch gesunken.

Deinen Schuh wohl dreißig Male
Leert' ich bis zur Morgenfrühe —
Holdes Kind, bei deinen Schuhen
Lohnt sich's wirklich nicht der Mühe!"

„Bravo — Hellwigs Champagner=Arie!" brachte der Müde schwerfällig hervor und versuchte ein paar Don Juan=Takte zu trällern, sank aber sogleich wieder in seine bequeme Stellung zurück. Die beiden jungen Damen bemühten sich um ihn, und der Kurzgeschorene bemühte sich, nachdem er wieder eingeschänkt hatte, um die beiden jungen Damen.

„Es war unrecht von Ihnen, Alfred, diesen Leuten das Gedicht zu sagen! Es ist zu schade dafür!" flüsterte Helene ihrem Nachbar zu. „Nun schreien sie's bei jeder Gelegenheit auf der Gasse aus! — Ich muß jetzt gehen, Herrschaften — ich habe morgen zeitig Probe!" fuhr sie laut fort.

Die beiden jungen Damen erklärten, ebenfalls gehen zu müssen, obgleich sie keine Probe hätten, und kicherten bei diesen Worten sehr übermütig. Wahrscheinlich wollten sie andeuten, daß sie der schönen Legende von den Proben Helene Hollmanns nicht mehr unbedingt glaubten.

„Ziehen wir also ab, erloschen sind unsere Sterne," sagte der ehemalige Korpsstudent gleichmütig. „Und nicht wahr, Berndt" — hier dämpfte er seine Stimme ein wenig — „wenn wir die Kinder nach Haus gebracht haben, machen wir noch ein Spielchen?"

Nichts ist vergnüglicher an fröhlichen Sommer=
nachmittagen, als im Steuersitze eines flinken Ruder=
bootes über die breiten Spreeseen zu fliegen. Wenig=
stens für eine schwärmerisch veranlagte junge Dame.
Die schillernden, stolzen Wasserflächen liegen regungs=
los im Sonnenbrande, aber die feuchte, staubfreie
Luft läßt die Hitze kaum empfinden. Rundum kein
Laut, die schwarzgrünen Kiefernwipfel an beiden
Ufern starren wie aus Stein gemeißelt, kein Wind=
hauch durchzittert sie. Und du hörst nichts als das
gleichmäßige Aufrauschen der Flut unter den kräf=
tigen Ruderschlägen deines Freundes, das leise Schleifen
der Riemenbelederung in den Dollen, und du ver=
folgst jede seiner Bewegungen mit unermüdlichem
Interesse. Wie der muskulöse Körper vorschwingt
und die dunkelbraunen Arme die Riemen sicher ein=
setzen, sie dann in schönem Takte, recht nach der
Kunst, durchs Wasser ziehen und mit geschicktem
Handgriff herausnehmen, daß nur zwei kleine trichter-
förmige Wirbel in der Flut das Ende ihres Weges
bezeichnen. Wie die glitzernde Sonne mit den nieder=
sprühenden Tropfen spielt und die schaukelnden Kreise
färbt, darin sich die Wirbel breitspurig auflösen. Du
ruhst am Steuer, die Füße fest in das weiße Fell
gestemmt, das dir zu Ehren den Boden des über=
schmalen und überlangen Nachens bis zum Rollsitze
deines Freundes bedeckt. Ein ganz leiser Ruck von
dir an der Leine, und das Boot umläuft in an=
mutigem Bogen die plumpe Zille vor euch; in deiner
Hand liegt die Sorge für den ungefährdeten Gang

und die Sicherheit der Maschine. Denn wie eine Maschine, so ebenmäßig und sauber, arbeitet das Riemenpaar.

Kläre darf heute den ganzen Nachmittag und einen guten Teil des Abends auf dem Wasser verbringen. Alfred hat erklärt, daß er kaum vor Morgen nach Hause kommen werde, und diese Ankündigung verdient um so größeres Vertrauen, als er bereits die ganze Woche hindurch in ihrem Sinne gehandelt hat. So lange Zeit ist Kläre noch nie mit Martin zusammen gewesen. Und während sie lächelnd die sonnige Schönheit der Stunde genießt, malt sie sich schon die Reize der kommenden aus...

„Was mag Alfred jetzt nur treiben?" fragt Hellwig plötzlich. „Ich habe ihn seit einer kleinen Ewigkeit nicht mehr gesehen." Er vergißt, daß die Schuld an dieser Thatsache ihm allein zufällt, daß er den alten Freunden fremd geworden ist um des Mädchens willen, das die leuchtenden Augen keine Sekunde lang von seinem Antlitze läßt.

Kläre lächelt nicht mehr und zuckt ein wenig bekümmert die runden Schultern. „Ich glaubte immer, du würdest ihm einmal ins Gewissen reden," sagt sie seufzend. „Er benimmt sich immer so schrecklich und sieht mit jedem Tage müder aus. O, in was für Gesellschaft muß er geraten sein!"

„In sehr lustige, Klärchen, das ist sicher." Und weil ihm diese Erörterung etwas peinlich ist, sucht er von ihr abzulenken. „Wie geht es übrigens deiner Tante — ich glaube doch, es war eure Tante —

nun, der alten Dame, die so krank und schwach ist und euch so viel Sorge macht," fügt er erläuternd hinzu, als Kläre ihn verständnislos ansieht.

Aber das Mädchen begreift auch jetzt noch nicht. „Unsrer Tante? Wie komisch! Wer hat dir denn von der erzählt? Wir haben ja gar keine, leider Gottes!"

„Alfred kam doch zu mir..." Hellwig unterbricht sich und thut, als erfordere die Ruderarbeit gerade jetzt erhöhte Aufmerksamkeit. Unvermittelt steigt der Argwohn in ihm auf, daß Kläres Bruder ihn belogen und die erschlichene Summe für sich selber verbraucht haben könne. „Na — dann ist es ein Mißverständnis."

„Alfred kam zu dir?" wiederholte Kläre ängstlich. „Und deshalb? Er hat sich einen dummen Spaß mit dir gemacht! Oder... oder... Martin," fragt sie dringend und doch mit furchtsamer Scheu, „hat er etwas von dir gewollt? Ich meine —"

„Kein Gedanke! Aber paß auf's Steuer auf, Klärchen, wir rennen sonst in den Dampfer hinein!" Und damit andere Gedanken als die peinigenden Sorgen um Alfreds schlimme Streiche sie erfüllen, übertreibt er die Gefahr, stoppt eilends und reißt das Boot, geschwind streichend, herum. Die Fahrt geht dann weiter, an freundlichen Siedelungen und hochstämmigen Wäldern vorbei, zwischen Rohrinseln und struppigem Buschwerk hindurch, auf glatten Gräben, zu denen sich die Dahme verengt, ehe sie sich wieder gemächlich zum prunkenden See ausbuchtet. Es ist die stille, wenig befahrene Wasserstraße der stillen, menschenverlassenen Spreewendei. Manchmal vermag der Blick über die Uferböschungen und die Weidengebüsche ins Land hineinzuschweifen, in ein armes, sandiges Land, das selbst die Krähe meidet und dessen Bewohner sich nie genug thun können an goldlüsternen Märchen von vergrabenen Schätzen, Wünschelruten und versunkenen reichen Städten. Martin Hellwig weiß von diesen Sonntagsträumen mühsalbeladener Kätner und Fischersleute nicht viel, aber wenn er sie auch Kläre wohlgeordnet und farbenbunt wiedererzählen könnte, so hätte er jetzt doch eine unaufmerksame Zuhörerin an ihr. Das Mädchen sinnt unruhig den Worten nach, die er vorhin absichtslos fallen ließ, und brennende Scham steigt in ihrem Herzen auf, Scham für den stolzen Bruder, der sich und sie so schmachvoll erniedrigt hat...

Obgleich ihr heute mehr Zeit als auf irgend einer früheren Ausfahrt mit Martin Hellwig vergönnt ist, drängt sie doch zum Aufbruche, nachdem sie kaum ein Viertelstündchen im dichten Grase einer Waldlichtung gerastet haben. Sonst war es ihr so über alle Maßen köstlich, an der Uferlehne neben ihm zu sitzen, vor sich den freundlichen Spiegel der Flut, aus der dann und wann ein Fisch aufschnellte, den verschwiegenen, ernsten Wald hinter sich, ringsum Glück und Sonne und Einsamkeit. Das Boot hatte er ans Land gezogen, es lag nur wenige Schritte von ihnen entfernt, und wenn sich ein gesunder Hunger einstellte, gab es annehmbare Bissen und wohl

auch einen kräftigen Trunk her. Das waren so
lustige Minuten, immer die lustigsten auf der ganzen
Fahrt. Wenn er nachher, behaglich der Länge nach
im Grase ausgestreckt, seine Cigarre rauchte, hatte
sie Zeit, von der Zukunft zu träumen, und sie ver=
senkte sich so tief in verliebte Phantasien, daß Martin
sie gewaltsam daraus wachrufen mußte. Heut fehlte
ihr die Ruhe zu diesen harmlosen Freuden. Sie
meinte immer, Hellwig hege Verdacht auch gegen
sie und habe deshalb absichtlich von Alfreds häß=
licher Lüge gesprochen. Und als er schon fertig im
Boote stand und ihr die Hand zum Einsteigen reichte,
konnte sie sich nicht mehr bezwingen, sie umklammerte
seine Rechte so heftig, daß er schwankte: „Du bist
mir doch nicht böse? Ich kann wirklich nichts da=
für, ich habe nichts davon gewußt!" Worauf er sie
erst eine Weile verblüfft ansah, dann aber aus dem
Boote sprang und sie so lange und so nachdrücklich
abküßte, daß sich die Abreise doch noch um einige
zwanzig Minuten verzögerte.

Damit war der Friede wieder hergestellt. Sie
sang zwar keine melancholischen Volkslieder, wie sie
sonst auf der Heimfahrt zu thun pflegte, um ein
namenloses Glück zu offenbaren, das sich anders
nicht ausdrücken ließ, aber ihre Stimme hatte einen
seltsam zärtlichen Klang, und jedes Wort, das sie
ihm sagte, jeder ihrer Blicke war eine Liebkosung.
Der Nachen glitt rasch gewohnte Straße, und wenn
die Sonne auch schon die Wipfel mit rotglühenden
Kronen umzinkte, als sie Hankels Ablage erreichten,

so war die Dämmerung doch noch fern. Auf der Flut begann ein Farbenspiel von unerhörtem Zauber. In rastlos zerfließenden, zitternden Silberkringeln schimmerten eigroße Saphire, weiter vorn funkelte lauter flüssiges, gelbes Gold, während zur Rechten und Linken des Bootes alle Farben, die diese Welt kennt, besonders aber ein unwahrscheinliches Rot und Gold, südheißes Blau und sanftes Weiß in schier wahnsinnigem Hexensabbath durcheinander wirbelten. Kläre konnte der Lockung nicht widerstehen, die Hand ins Wasser hängen zu lassen und diese Schätze zu haschen —

„Aufgeschaut!" rief da eine helle Frauenstimme. Kläre fuhr empor, das Steuer rauschte wuchtig, und hart aneinander vorbei streiften die Boote, nachdem beide Ruderer, Hellwig und Helene Hollmann, noch zur rechten Zeit die Riemen eingezogen hatten. Eine Minute lang blieben dann die Fahrzeuge fast Bord an Bord liegen.

Helene Hollmann sah entzückend aus. Die kleidsame Ruderjacke umschloß prall genug ihre stattliche Büste, der weiße Hals war frei, und wie eine Krone saß das kokette Wollmützchen auf dem reichen, roten Haare, das sie über die Stirn, fast bis in die Augen gekämmt trug und das ihrem bleichen Gesichte einen neuen, dämonischen Reiz lieh. Hellwig hatte sich, eine leichte Verlegenheit meisternd, damit beschäftigt, die Riemen in Ordnung zu bringen, während Kläre glutübergossen und keines Wortes fähig die freundlich lächelnde Schauspielerin anstarrte.

„Sie allein im Skiff, Helene?" fragte Martin nach einer endlos scheinenden und doch nur sekundenlangen Pause. „Sie sind ein Wagehals."

„Und doch versteh' ich mich auf die Kunst schon besser als das junge Paar. Freilich, es nimmt mich nicht wunder, wenn ihr in Träumereien versunken seid."

Kläre hätte die Hände vors Gesicht schlagen mögen, so bitterlich schämte sie sich, so tief verwundete sie diese boshafte Vertraulichkeit.

„Sie rudern jetzt allein?" erkundigte sich Hellwig wieder, dem wirklich nichts Besseres einfiel.

„Ich muß wohl. Ich kann vom Wasser nicht mehr lassen, und von unsern Freunden bequemt sich ja leider niemand zu der Arbeit. Wünsche recht viel Vergnügen, Fräulein Berndt! Ich sprach übrigens gestern Ihren Herrn Bruder. Gott befohlen!"

Der Strom hatte sie inzwischen von den beiden abgetrieben, sie setzte die Riemen ein und fuhr mit schönem, stetigem Schlage davon. Hellwig sah ihr in Gedanken verloren nach. Auch als das Boot wieder in Schuß war, blickte er sinnend und zerstreut vor sich nieder; seine Bewegungen hatten etwas Automatisches, sein Geist weilte nicht bei der Arbeit. Und Kläre fühlte, wie ein unsägliches Weh ihr im Herzen aufstieg, eine beklemmende Furcht...

Eine Fahrt durch das Dunkel... Allmählich hatten Luft und Wasser das letzte Licht getrunken, das sie durchhuschte; farbloses Grau war niedergefallen, ein Schleier über den andern, um dann langsam der Finsternis und ihren Sternen Platz zu machen. Die spiegelten sich verzerrt in der schwarzen, blinkenden Flut, und leise schwankten die gespenstischen Schatten der hohen Bäume des Ufers, an dem sie dahinglitten. Sonst war undurchdringliche Nacht um sie. Wie ein spukhaftes Geheimnis lag die schweigende Ferne da. Manchmal löste sich ein buntes Dampferlicht von ihr los, ein drohendes Auge, und es schien nachher, jemand wandele mit der Laterne über die Wasser und suche... Wen, was? Kläre schauderte zusammen. Sie selbst wagte das Schweigen nicht zu brechen, aber angstvoll horchte sie auf das Gurgeln des Wassers am Kiel, das sie jetzt trotz des Ruderlärms zu vernehmen glaubte, auf das Rauschen und Zischen der Wellen, die klatschend am unsichtbaren Ufer aufschlugen. Sprach nicht jemand zu ihr aus diesen unheimlichen Stimmen?

Es war Nacht, als sie vor dem Landungsstege eintrafen. Mehrere fremde Boote lagen darauf, deren Eigentümer sich geräuschvoll um sie mühten; überall auf der schmalen Brücke blinkten Lampen und bewegten sich Menschen. Kläre trieb es nach Hause. Es war selbstverständlich, daß Martin, der das Boot erst noch waschen und in den Schuppen bringen mußte, in Gegenwart der anderen nicht so zärtlich wie sonst Abschied von ihr nehmen konnte, und doch kränkte sie seine kühl höfliche Art. Und während sie heim fuhr, wurde es ihr beinahe zur Gewißheit, daß sie seine Liebe wieder verlieren sollte, daß er zu der schönen Schauspielerin zurückkehren und daß sie dann elend sein würde, ihr ganzes Leben lang. Sie verstand die Kunst nicht, den Verwöhnten zu fesseln. Sie hatte ihm nichts zu bieten. Jene brauchte nur zu rufen, und er verließ, ohne zu zögern, das stille, unbedeutende Mädchen.

Vielleicht war es noch Zeit, ihm zuvor zu kommen. Wenn sie die Kraft hätte, sich heute auf immer von ihm zu trennen, so würde sie im Laufe der Jahre aller kindischen Träume und Wünsche Herr werden, ihre Pflicht thun wie bislang und nicht nach einem Glücke begehren, das ihr nicht beschieden war. Aber vergessen — vergessen könnte sie ihn nimmermehr. Schon das innige Gefühl des Dankes hätte sie daran gehindert, den sie ihm für diese überseligen Frühlingsstunden, für all seine Liebe schuldete. Sie hätte nie geglaubt, daß ein Mensch den andern so reich beschenken, so im Innersten fröhlich zu machen vermöchte, und daß sie sich einem fremden Menschen so mit ganzer Seele zu eigen geben könnte.

Es drängte sie, alles das einem Vertrauten zu sagen, einem mitfühlenden Herzen, und sich von ihm Rats zu holen. Sie selbst war zu schwach, zu einfältig und verliebt, um klar zu sehen und den richtigen Weg zu finden. Aber sie besaß auch keine Freundin, die im stande gewesen wäre, mit überlegener Lebensklugheit für sie zu handeln. Und ihr Bruder, ihr natürlicher Beschützer, durfte von dem Geheimnisse nichts wissen, war außerdem viel zu sehr mit sich beschäftigt, um für die kleinen Leiden der Schwester ein Auge zu haben. Trotzdem verlangte sie in zärtlicher Aufwallung nach ihm. Ein bekanntes Gesicht grüßen, einen Menschen, der es gut mit ihr meinte — das würde sie beruhigen und wenigstens für heute von dem Zwiespalte befreien, darunter sie litt.

Oben in ihrer Wohnung brannte Licht, Alfred war also schon zu Hause. Das überraschte sie, erschreckte sie aber nicht. So würde sie sich mit ihm aussprechen müssen, und es gab kein feiges Zurück. Längst schon hätte sie sich dem Bruder offenbaren sollen. Auf der Treppe überlegte sie sich, wie sie ihm alles sagen und was sie ihm vorsichtshalber einstweilen noch verhehlen wollte. Und sie wunderte sich darüber, daß sie so tapfer war und fast gar kein Herzklopfen spürte.

Alfred saß in seinem Stübchen am Fenster, die erloschene Cigarre zwischen den Fingern, und blickte kaum auf, als sie, doch ein bißchen zögernd und zitternd, eintrat. „Es gefiel mir heute draußen nicht," sagte er, gleich als müßte er sich entschuldigen. „Mir ist ... hm ... Ganz vernünftig, daß du ausgegangen bist, Kläre. Bei dem schönen Wetter." Er fragte nicht, wo sie sich aufgehalten hätte, schien überhaupt nur aus erzwungener Höflichkeit mit ihr zu sprechen und keinerlei Teilnahme für irgend etwas um sich herum zu empfinden. Seine Stimme klang leise und müde. Als sie ihm ins Gesicht blickte, das die Lampe hell beleuchtete, bemerkte sie, daß er sehr bleich, übernächtigt, elend aussah. „Du

bist doch nicht krank, Alfred?" schrie sie in namen=
loser Angst.

Das Wort, der Ton schien ihn zu wecken. „Nein,
Klärchen." So weit sie sich erinnern konnte, hatte
er sich noch nie dieser schmeichlerischen Abkürzung
ihres Namens bedient. „Sorge dich nicht um mich.
Aber es thut wohl, wenn sich doch wenigstens irgend
jemand um einen sorgt. Es geht mir erbärmlich
schlecht."

Ihr armes Herz schwoll von Mitleid, und im
Nu war vergessen, was sie selber quälte. Es fiel
ihr ein, daß Helene Hollmann vorhin von ihrem
Zusammensein mit Alfred gesprochen hatte, um die
Nebenbuhlerin zu ängstigen. Wenn der Bruder in
den Schlingen der schönen Hexe lag, wenn dies Weib
sich so an ihr rächen wollte . . .

„Kann ich dir irgendwie behilflich sein, Alfred?
Ich thu' es, weiß Gott, mit tausend Freuden."

„Behilflich?" Er lächelte schwach. „Die Sache
ist die, Kläre: ich habe Geld verloren. Viel Geld.
Und ich muß es wieder schaffen. Du siehst, ich bin
ganz ehrlich."

Sie brachte vor Entsetzen kein Wort heraus.
Jetzt wußte sie, was er von Hellwig gewollt hatte.
O, sie konnte dem Freunde hinfort ja nicht mehr
ruhig in die Augen sehen . . . Viel Geld! Und er
sagte das mit einem Ausdrucke . . . Die Bilder an
der Wand, die Lampe, das ganze Zimmer begann
zu schwanken. Was meinte er nur? Ihr war, als
müßte sie im nächsten Augenblicke schwer krank werden.

Alfred zündete seine Cigarre wieder an. „Nun, nun — ich denke ja immer nach, es wird sich machen lassen. Ich wollte dich auch eigentlich bitten, Kläre, mal mit dem alten Eckert zu sprechen —"

„Mit dem Vormunde?" stammelte sie. „Meinst du, daß er es thun wird?"

„Wenn du's ihm in der rechten Weise vorträgst, weshalb nicht? Natürlich müßtest du es auf dich nehmen, du verstehst schon. Mir giebt der alte Filz ja keinen Pfennig."

„Wie viel brauchst du denn?"

„Na — mindestens tausend Mark!"

Sie schloß die Augen vor Erregung. Solche Summe... Und doch berechnete sie schon, wie lange es dauern würde, bis sie sie dem Vormunde, bis sie auch Hellwig sein Darlehen zurückgezahlt haben könnten. Sie müßten sich eben noch mehr einschränken. Das neue Sommerkleid, das sie sich des Liebsten wegen kaufen wollte, damit er sie immer hübsch fände, das neue Sommerkleid brauchte sie eigentlich so nötig nicht. Putzte sie sich übermäßig heraus, so konnte er vielleicht meinen, es geschähe von seinem Gelde... Pfui — sie wollte das neue Kleid nicht. Um keinen Preis. Und wenn sie auch nur zwanzig oder fünfundzwanzig Mark dadurch ersparte, mit solchen Kleinigkeiten ließe sich lang= sam Großes wieder hereinholen. Freilich, tausend Mark...

„Was soll ich dem Vormund sagen? So viel Geld kann ich ja gar nicht verwenden. Das weiß er bestimmt. Und er wird mich ausfragen. Er wird es nicht geben. Was dann?"

Alfred blies den Rauch seiner Cigarre von sich. „Na ja, du hast recht. Es war auch nur so'n verrückter Gedanke von mir. Aber was hilft's, ich brauche den verwünschten Mammon. Hatte da ein paar Schulden gemacht, waren keine Hasen und liefen nicht davon. Mußte mich der Teufel plagen, daß ich alles auf einen Wurf erledigen zu können hoffte. Na, und natürlich verloren!"

Sie legte die Hände übereinander und sah ihn scheu von der Seite an.

„Ein kleines Jeu," setzte er verdrießlich hinzu, als er ihren verständnislosen, fragenden Blick auffing. „Man kann sich eben nicht ausschließen. Dafür lebt man nun einmal unter Menschen. Uebrigens, mit dem Gerede kommen wir nicht weiter. Was meinst du, daß die Wirtschaft hier wert ist? Vielleicht schießt mir einer bis zum nächsten Jahre die paar Groschen drauf vor. Dann muß ich ja mein Erbteil herausbekommen und kann davon mit Kußhand alle Schulden bezahlen."

Die Wirtschaft wollte er ihr nehmen, ihren Stolz, ihre tägliche Freude, ihre Arbeit und ihr Vergnügen! Sie hätte sich unbedenklich für ihn geopfert, ihm lächelnd ihr ganzes kleines Vermögen hingegeben und sich für die Zukunft auf ihrer Hände Fleiß verlassen, aber dies Ansinnen überstieg die Kraft des Hausfrauseelchens. „Du weißt, der Vormund erlaubt's nicht!" erwiderte sie, mit weiblicher List den

mächtigen Dritten vorschiebend. „Ich . . . ich . . . mein Herz hängt ja nicht so sehr daran, schlimmsten=
falls. Aber wir werden uns schon anders helfen, hoff' ich."

Alfred durchschaute sie indes. „Hoff' ich! Papper=
lapapp!" höhnte er, die Cigarre wegwerfend. „Ich brauch' deine Stubenweisheit nicht, die bringt mir keinen roten Pfennig. So, und nun genug für heute. Gute Nacht!"

Jetzt begann Kläre über sich und ihre Liebe nach=
zudenken. Die Gefahr, in der der Bruder schwebte, weckte sie aus dem holden Hindämmern, dem sie sich rückhaltlos überlassen hatte, erzwang ihre Aufmerksam=
keit für Dinge, die nicht allein mit der nächsten Kahnfahrt, dem nächsten Stelldichein und Martin Hellwig zusammenhingen. Ein paar Wochen hin=
durch hatte sie sich aller grauen Sorgen des Lebens und aller Widrigkeiten des Alltags entschlagen kön=
nen, nun aber forderte die Wirklichkeit gebieterisch ihre Rechte. Und Kläre sah ein, daß ihr Verhältnis zu Hellwig nicht immer dasselbe wie heute bleiben würde, bleiben durfte. Ueber kurz oder lang mußten entscheidende Aenderungen eintreten. Von der Gnade Helene Hollmanns hing es ab, ob Alfred ihr Ge=
heimnis erfuhr. Und daß die Schauspielerin sie grimmig haßte, fühlte Kläre instinktiv. Der Traum wäre dann ausgeträumt, der Freund verloren. Diese

Liebschaft hinter seinem Rücken würde Alfred nicht
dulden. Was Kläre anbelangt, so hielt er unge=
mein viel darauf, daß auch nicht der leiseste Makel
den blanken Ehrenschild der Familie trübte. Bisher
hatte Kläre mit fröhlichem Leichtsinn das goldene
Frühlingsglück genossen und nur die Schönheit des
Augenblicks gesehen, wenn sie unter den heißen Küssen
des Geliebten zitterte. Ob Martin Hellwig sie zur
Braut, zum Weibe begehrte, darüber plagten sie
weder Skrupel noch Zweifel. Nun aber fiel ihr doch
ein, daß ehrbare und wohlerzogene Mädchen nicht
heimlich mit dem Herzensschatze umherstreifen und
ihre Neigung sorgsam auch vor den nächsten An=
gehörigen verbergen. Alfred würde ganz recht thun,
wenn er sie hart tadelte. Sie war ja — leider —
nicht so frei und unbeschränkt in ihrem Wollen und
Wünschen wie irgend eine kleine Fabrikarbeiterin zum
Beispiel. Aengstlich mußte sie ihren guten Ruf be=
wahren. Hätte sie nicht auf derselben gesellschaft=
lichen Stufe mit Hellwig gestanden — daß er reich
war und sie arm, machte dabei keinen Unterschied —
so wären ihr solche Gedanken kaum aufgestiegen.
Aber sie war seinesgleichen, und derartige Liebschaften
enden immer mit einer Heirat, müssen einfach so
enden. An allen ihren Freundinnen hatte sie das
erlebt.

In diesen Erwägungen, die die hübsche Kläre
jetzt nie mehr ruhig einschlafen ließen, hatte Alfreds
Verhalten gegen Hellwig den Anlaß gegeben. Der
Bruder war der Schuldner des Mannes geworden,

den sie liebte, hing also von ihm ab. Früher waren sie Martin Hellwig ebenbürtig gewesen, die beiden jungen Leute hatten sich Freunde genannt und der Liebste sie wie eine richtige Dame behandelt. Alfreds häßliches Betragen hatte dem schönen Verhältnisse ein Ende gemacht. Wer von einem andern Geld ohne gehörige Gegenleistung nimmt, erniedrigt sich vor ihm zum Bettler. Und vielleicht glaubte Hellwig, sich mit der Schwester des Bettlers ein Späßchen erlauben zu dürfen, vielleicht sah er in ihrer Zuneigung für ihn die Gegenleistung und mahnte Alfred nur deshalb nicht an die Bezahlung seiner Schuld. Wenn sie ihm am Ende nicht mehr wäre als diese Helene Hollmann und all die abscheulichen Geschöpfe, mit denen er sich eingelassen hatte... Mit vernichtender Schwere drückte diese Vorstellung auf sie, ihr Stolz bäumte sich dagegen auf, und ihr Mißtrauen erwachte. Sie begann Hellwigs Worte zu wägen und hegte im stillen den Verdacht, daß er anderen vielleicht ganz dasselbe sage wie ihr. Mit argwöhnischer Eifersucht forschte sie, scheinbar harmlos neugierig, seinen dunklen Pfaden nach, glaubte gar nicht zurückhaltend genug sein zu können und wehrte Liebkosungen ab, die sie sonst mit strahlendem Lächeln geduldet, wenn auch nie erwidert hatte.

Eines Vormittags war Martin zu ihr gekommen, wie er die ganze Zeit über zu thun gepflegt hatte, in sehr guter Laune und voll warmer Zärtlichkeit für seine schöne Liebste. In der Brusttasche trug er einen Brief Helene Hollmanns, worin die Schau-

spielerin ihn in einer „wichtigen Angelegenheit" zu
sich einlud und einige Bemerkungen über Kläre machte,
die er seiner Freundin durchaus vorlesen wollte. Als
er indes davon zu reden begann und sich bei dem
günstigen Anlasse boshafter über die Schreiberin aus=
ließ, als seiner wirklichen Meinung von ihr entsprach,
war ihm Kläre ins Wort gefallen.

„Ich bitte dich, Martin, ich will es nicht hören.
Du weißt wohl gar nicht, daß du mich beleidigst,
wenn du mir immer wieder von diesem Fräulein
erzählst. Ich habe dann, nimm mir's nicht übel,
die Empfindung, daß du in ihrer Gesellschaft ebenso
von mir —"

„Aber, Klärchen!" unterbrach er sie, halb ver=
blüfft und halb ärgerlich. „Auf was für Ideen du
jetzt kommst!"

„Und natürlich wirst du ihr gehorchen und zu
ihr gehen?" fuhr sie gereizt fort. „Nun, es ist ja
auch selbstverständlich. Solch eine gute, alte Freundin
von dir! Und der Mensch braucht seine vier, fünf,
sechs Freundinnen."

Herr Hellwig wußte nicht, was er sagen sollte.
Von dieser Seite hatte er das schmiegsame Kind noch
nicht kennen gelernt. Es war in der That seine Ab=
sicht gewesen, der Aufforderung Helenes nachzukom=
men, lag doch kein Grund zu einer Unhöflichkeit
gegen sie vor, und er sah so wenig Ungehöriges in
dieser Absicht, daß er sie eine Minute vorher Kläre
gegenüber ganz ruhig geäußert haben würde. Nun
freilich war er gewarnt. Und die schlecht verhehlte

Eifersucht im Sinn und Klang ihrer Worte ent=
zückte ihn.

„Ich begreife dich nicht, Puppe. Du wirst doch
nicht im Ernste glauben... Ich habe Besseres zu
thun, als einer Dame nachzulaufen. Wenn ich zu
solchem Werke Neigung verspüre, warte ich vor eurem
Hause, bis du ausgehst."

Der Scherz versöhnte die Erregte nicht. „Nenn'
mich nicht immer Puppe! Das hört sich so ein=
fältig an, als wenn ich ein unvernünftiges Spielzeug
wäre. Ja, ja," setzte sie sehr entschieden hinzu, da
er sie kopfschüttelnd betrachtete. „Ueberhaupt bist du
gar nicht mehr so nett gegen mich wie früher." Und
um diese Behauptung auf der Stelle zu beweisen,
fing sie heftig zu weinen an.

Martin Hellwig war einigermaßen ratlos. Er
hatte die Empfindung, daß er eine Reihe wichtiger
Erörterungen zwischen ihnen vergessen hatte oder aber,
noch schlimmer, ohne weiteres von der Teilnahme
daran ausgeschlossen worden war. „Was ist denn
passiert, Liebste?" fragte er verlegen und suchte sie an
sich zu ziehen. Erst schien sie geneigt zu sein, diese
Tröstung gelten zu lassen, besann sich jedoch, machte
sich von ihm frei und schluchzte zum Erbarmen.

„Sie wird Alfred alles sagen. O Gott, und dann —"

„Und dann?"

„Dann darf ich dich nie wieder sehen," brach
Kläre los. „Dann ist alles vorbei. Alfred wird
es gewiß für unschicklich halten. Und ich bin ein
schlechtes Mädchen."

„Alfred kennt uns beide doch." Herr Hellwig hatte in dieser wichtigen Minute keine klügere Antwort. Er fühlte wohl, daß er Kläre damit nicht beruhigen konnte, war aber von der Wendung des Gespräches zu überrascht, um den rechten Ton zu finden. „Wenn wir uns gern haben, Klärchen — wen kümmert das? Doch nur uns!"

„Und was die Leute reden, das ist dir natürlich gleichgültig. Dem Fräulein Hollmann wird's ja ebenfalls sehr gleichgültig sein. Aber ich — ich bin doch —"

„Das weiß ich, Klarissa." Er sagte dies ein wenig gemessen. „Und ich hoffe, du hast dich nicht darüber zu beklagen, daß ich es jemals mißachtet habe." Hellwig hatte sich erhoben und sah trotzig und beleidigt drein. Und er hatte sich nicht verrechnet. Kläre bekam es mit der Angst zu thun, und in ihrer Angst ging sie geradenwegs auf das Ziel los.

„Es ist alles nur wegen Alfred," flüsterte sie, ihre Thränen trocknend. „Du, Martin, willst du mir etwas versprechen, hoch und heilig?" Sie sagte es mit solchem Pathos, und, was ausschlaggebend war, ihr süßes, weißes Gesicht mit den Thränenspuren darauf und den feucht schimmernden großen Augen berauschte ihn so, daß er ihr das denkbar Dümmste hoch und heilig zugeschworen hätte.

Kläre hatte ihren Entschluß gefaßt. Es war gewiß ihre Pflicht, dem Bruder zu helfen, sie mußte ihn, und ob sie darüber zu Grunde ging, aus seiner verzweifelten Lage retten. Aber in den Augen des Geliebten weniger als früher zu gelten, durch Alfreds Schuld seine Achtung und ihn selbst zu verlieren, das ertrug sie nicht, das ging über ihre Kraft. Schmutziges Geld durfte nicht die Erinnerung an vergangene Lenztage, an ihr holdes Glück verunreinigen. So weit durfte schwesterliche Zuneigung und schwesterlicher Opfermut nicht gehen, daß sie um des Bruders willen dem Freunde eine schlechte Meinung von sich selbst beibrachte. Er sollte klar sehen, sollte erfahren, daß sie Alfreds Leichtsinn mißbilligte und sich darüber grämte.

„Gieb Alfred nie Geld mehr, hörst du, nie mehr!" Sie legte die Arme um seinen Hals und blickte ihn mit so rührender Angst an, daß es Martin Hellwig sehr eigentümlich ums Herz ward und er gewaltsam an sich halten mußte, um keine Thorheit zu begehen.

„Aber, liebe Liebste — wer hat dir denn gesagt, daß ich ihm überhaupt —"

„Du willst ihn herausreden. Doch es nützt dir nichts, ich weiß ja alles. Und nicht wahr, das versprichst du mir, Martin, mit deinem Ehrenworte: du leihst ihm nie wieder Geld?"

Es blieb Herrn Hellwig in der That nichts übrig, als dies Gelöbnis feierlich abzulegen. Kläre war sehr dankbar, und als er schließlich doch gehen mußte, war er verliebter denn je in die hübsche Hexe und pries sich glücklich, das Herz dieser Kleinen erobert zu haben. So viel stand bei ihm fest: die Schau=

spielerin mußte daran gehindert werden, sein freund=
liches Geheimnis zu verraten, und wenn es durch=
aus unmöglich war, sie zum Schweigen zu zwingen,
so mußte er es sich ernstlich überlegen, ob er nicht
legitime Rechte auf die Küsse des Fräulein Kläre
Berndt erwerben solle.

Sein Vater hatte sich freilich eine andere Schwieger=
tochter ausgewählt, und so bereitwillig er den Jungen
gewähren ließ, in Geldsachen dieser Art hörte auch
bei ihm die sogenannte Gemütlichkeit auf. Indes
wohnte er in Köln, immerhin zehn Stunden von
Berlin entfernt, und wenn Martin die Geschichte
gescheit einfädelte und den älteren Bruder ins Ver=
trauen zog, konnte der Alte seine erste Wut an dem
ausrasen. Das übrige würde Kläres Niedlichkeit
und Liebenswürdigkeit thun. Je länger Martin
Hellwig diesem Gedanken nachhing, desto wohliger
wurde ihm dabei zu Mute. Solch eine Frau, ja,
mit der mochte es sich haushalten lassen. Die Kölner
Freunde würden ihn allesamt um sie beneiden. Bild=
schön war sie, besonders wenn sie weinte und sich
über ihn ärgerte. Dazu mußte er ihr eben später
dann und wann Anlaß geben, in ihrem eigenen
Interesse. Na ja. Die Familie war arm, aber
von tadellosem Rufe, der Vater ein Geheimer Rat
im Auswärtigen Amte gewesen, die Mutter aus
adeligem Hause. Mit den Hellwigs nahmen sie es
in dieser Beziehung reichlich auf. Und was ihn
heute die Hauptsache deuchte: das Mädchen war ein
Charakter, eine durch und durch noble Seele. Da=

neben so toll in ihn verliebt. Eigentlich hatte er bisher sehr unrecht an ihr gehandelt. Den Bruder fürchtete er ja nicht, trotzdem der junge Mann ungemein empfindlich und reizbar war; das eigene Gewissen klagte ihn an. Heiraten mußte er am Ende ja doch einmal. Es gab viele Gründe, die für Klärchen sprachen, und eigentlich keinen gegen sie. Wenigstens keinen vernünftigen.

Ungeachtet dieser Erwägungen, die ihn ordentlich warm machten, fuhr Martin Hellwig von der Geliebten sofort zu Helene Hollmann.

Das Fräulein schien gerade heute zufällig von Proben verschont geblieben zu sein; sie begrüßte den Freund mit alter Herzlichkeit und sagte ihm lebhaften Dank für seinen Gehorsam. Die kleinen Künste ihrer Koketterie verfingen jedoch nicht, und selbst für das verlockende Negligé hatte Martin Hellwig kaum einen zerstreuten Blick. Wie entzückend sah doch Klärchen in dem blaßblauen, verwaschenen Hauskleide mit der schmucken, weißen Schürze aus! Dieser üppigen, prächtigen Schönheit gegenüber überkam ihn nichts als der Wunsch, zukünftig seine Vormittage bei fleißiger Arbeit in der väterlichen Fabrik zu verbringen, nur um sich dabei fortwährend auf das Wiedersehen mit seiner Frau freuen zu können. Ach ja, er war ein guter Kerl, ein geborener Ehemann. Dies Bummelleben hatte er satt. Es mußte einmal etwas anderes kommen . . .

„Sie sollen mir einen großen Gefallen erweisen, Martin, und deshalb hab' ich Sie hergebeten," begann die Schauspielerin. „Wenn man so lange gut Freund gewesen ist wie wir beide —"

„Aber selbstverständlich!" bemerkte Hellwig und gab sich Mühe, höflich zu sein. Sie würde ihn um Geld bitten, wie das so bisher des Landes der Brauch gewesen war. Er konnte es ihr nicht verweigern, war auch viel zu sehr Kavalier, um es zu thun. Aber er empfand doch den Unterschied zwischen dieser lächelnden Bettlerin und der Geliebten, die ihn anflehte, dem Bruder hinfort kein Geld mehr zu leihen.

„Wieviel brauchen Sie, Helene?"

„Unsinn! Oder vielmehr nicht Unsinn, denn ich brauche immer. Nur daß ich von Ihnen keinen Pfennig mehr annehmen würde. Verstehen Sie mich, keinen Pfennig!"

„Ah!" machte er. „Ich habe Sie hoffentlich nicht beleidigt?"

Sie zog die Augenbrauen höher. „Durch diese Frage nicht. Denn Sie hatten ein Recht dazu, mein früherer Leichtsinn gab es Ihnen. Heute will ich von Ihnen indes wirklich nichts als einen guten Rat. Wegen Ihres Freundes Alfred. Ich sehe schon, das interessiert Sie," setzte sie hinzu, als Hellwig unwillkürlich den Kopf hob. „Sagen Sie mir, was denken Sie von ihm? Er ist ganz verwandelt, seit einigen Tagen. Er erschrickt mich."

„Sie kommen sehr oft mit ihm zusammen?"

„Da ich weiß, daß Sie nicht zur Eifersucht neigen, antworte ich mit Ja."

Herr Hellwig neigte in der That nicht zur Eifer=

sucht. „Ich kann mir seine trübe Stimmung er=
klären. Er hat wahrscheinlich Schulden gemacht."

„Erfuhren Sie das von der Schwester?"

„Fräulein Berndt spricht mit mir über der=
gleichen Dinge nicht," entgegnete er mit einiger
Schärfe. Der dreiste und spöttische Ton, in dem
sie sich gefiel, erbitterte ihn.

„Nun, dann glaub' ich, daß Sie sich gründlich
täuschen. Herr Berndt verschwendet nichts. Das
muß ich am besten beurteilen können. Ich meine,
seine Verdrießlichkeit hat andere Anlässe. Und dar=
über eben wollt' ich mich mit Ihnen unterhalten.
Rund heraus, Alfred ist über Ihr Verhältnis zu
seiner Schwester unterrichtet."

„Hm. Und zwar von Ihnen?"

„Und zwar nicht von mir. Ich habe ihn sogar
zu beruhigen gesucht."

„Weshalb beruhigen? Ich werde Fräulein
Berndt wahrscheinlich heiraten. Ob ich Alfred als
Schwager willkommen bin, weiß ich nicht genau,
glaube es aber annehmen zu dürfen. Schlimmsten=
falls könnte ich seine Einwilligung entbehren, da
er keinerlei Vormundsrechte über seine Schwester
besitzt."

Helene Hollmann verriet ihre grenzenlose Ueber=
raschung nicht. „Alfred hat keine Ahnung von dem
Glücke, das der hübschen Kläre bevorsteht. Wie ver=
schwiegen diese jungen Dinger doch sind! Selbst
vorm Bruder halten sie ihre Triumphe geheim. Na,
wird der ein Gesicht schneiden, wenn er heut abend

die Neuigkeit von mir erfährt! Man darf sie doch
verbreiten, was?"

„Nach Belieben." Herr Hellwig ärgerte sich
über seine Unvorsichtigkeit, ohne sie doch zugeben zu
wollen. „Freilich weiß Fräulein Berndt selbst noch
nichts von meinem Entschlusse. Sie sehen, eine ganz
moderne Werbung! Ich werde indes von Ihnen
sofort zu ihr fahren, damit auch die Hauptperson
eingeweiht ist."

„Uebereilen Sie sich meinetwegen nicht. Unter
diesen Umständen habe ich kein Recht und keine Ur=
sache, Herrn Berndt das mitzuteilen, was Sie ihm
sicherlich in viel schöneren Worten sagen werden."
Sie lächelte wieder, und es war ihr, als sinke eine
zermalmende Last von ihren Schultern, nun sie er=
fuhr, daß die gefürchtete Entscheidung noch nicht
gefallen war. „Jedenfalls wünsche ich Ihnen von
ganzem Herzen Glück, Herr Hellwig. Fräulein
Kläre ist ein hübsches Mädchen. Und mich persön=
lich freut es, daß ich auf meine alten Tage in Ihnen
einen Phantasten entdecke."

Hellwig strich sich etwas nervös den Schnurr=
bart zurecht. „Das soll jedenfalls eine Bosheit sein.
Aber da S i e den Mut haben, Helene, von Ihren
alten Tagen zu sprechen, was mir bitteres Unrecht
scheint, so glaube ich als Mann mich noch viel mehr
verpflichtet, auch meiner alten Tage zu gedenken.
Und sehen Sie — ich glaube, diese Tage sind jetzt ge=
kommen. Ich habe das junge Mädchen lieb, und das
junge Mädchen hat mich lieb, wir passen zu einander —"

„Sie waren immer ein schärferer Beobachter als ich," spöttelte sein Gegenüber. „Und das junge Mädchen hat Sie lieb?"

Dieser ironische Zweifel verdroß Herrn Hellwig, und er war unklug genug, seinen Aerger zu verraten. „Weshalb glauben Sie das nicht? Seltsam, daß ihr Frauen alle andern nach eurer Elle messen wollt."

„Kläre Berndt ist so zurückhaltend, so gleichmäßig kühl — ich kann sie mir gar nicht wirklich verliebt vorstellen. Der Schein trügt, indes Sie haben ganz gewiß angenehmere Erfahrungen mit ihr gemacht."

Martin Hellwig bemühte sich, eine abweichende Miene zur Schau zu tragen; insgeheim aber traf ihn das Wort an verwundbarer Stelle und überraschte ihn schmerzlich. Helene Hollmann sprach nur aus, was er selbst mißmutig empfand, ohne sich bestimmte Rechenschaft über dies Gefühl abzulegen. Kläre ähnelte den Mädchen nicht, mit denen er sich bisher in Berlin vergnügt hatte, und das adelte sie in seinen Augen. Die Vornehmheit einer Frauennatur wußte er so gut wie irgend jemand zu würdigen. Aber dem Geliebten gegenüber, dem sie ganz und gar vertrauen durfte, war diese bedächtige Vornehmheit doch eigentlich verteufelt wenig am Platze. Gerade ihm hätte sie zeigen müssen, daß sie nicht nur eine gut erzogene junge Dame, sondern auch ein leidenschaftliches, verliebtes Mädchen sein konnte. Hoffentlich besserte sie sich noch. Denn sonst hatte

er allerdings Anlaß zu befürchten, daß die Lange=
weile ein allzu häufiger Gast in seiner jungen Ehe
sein würde.

„Nun, und wenn schon das nicht — die Frau
soll ja auch nicht die Geliebte des Mannes sein,"
fuhr die Schauspielerin ernsthaft fort. „Sie hat
ganz andere Aufgaben. Was ein flotter Junge wie
Sie an unsereinem schätzt, das gerät nach der Heirat
unter die Nebensachen. Immerhin, Martin — als
bräutigämlicher Ritter Toggenburg sind Sie mir
neu. Ich bin gespannt, wie Sie die Rolle spielen.
Darf ich nicht einmal längere Zeit, als es auf dem
Wasser möglich war, Zuschauerin sein?"

Die dreiste Bemerkung, die er in anderer Stim=
mung mit überlegenem Lächeln hingenommen hätte,
wirkte jetzt wie eine schwere Beleidigung auf ihn.
„Woher wissen Sie, daß ich den Ritter Toggen=
burg meine? Sie sind doch eine schlechte Menschen=
kennerin."

„Ah!" Helene Hollmann blickte ihm schelmisch
in die Augen. „Ich hätt's aber dem hübschen Racker
nicht zugetraut." Und ihr Besuch schämte sich der
Lüge nicht und schämte sich nicht, seiner kindischen
Eitelkeit zu Gefallen die jungfräuliche Ehre des ge=
liebten Mädchens vor dieser Frau zu besudeln.

„Sie sind ein edler Mensch, Hellwig," hob die
Schauspielerin wieder an. „Nun dürfen Sie die
Kleine freilich nicht mehr verlassen, das seh' ich ein.
Nun begreif ich Sie erst. Und der Bruder, be=
haupten Sie, habe Schulden? Ich möcht's eigent=

lich nicht glauben, ich hielt ihn bis heute für wohl=
habend — aber ihr Herren seid besser über eure
Verhältnisse unterrichtet — wenigstens über eure
finanziellen."

Helene Hollman durfte sich wahrlich nicht rühmen,
bei ihren Machenschaften einen besonders feinen
Faden zu spinnen. Selbst Hellwig ahnte, trotz
seiner mißlaunigen, unruhvollen Zerfahrenheit, wo
sie hinauswollte, und es dämmerte ihm die Erkennt=
nis auf, daß er einen schweren Fehler beging mit
jedem Worte, das er hier noch sprach. „Ich kümmere
mich um Berndts Geldangelegenheiten nicht. Wenn
ich vorhin darauf zu reden kam, so geschah es nur,
weil Sie mich so besorgt ausfragten. Doch ich muß
gestehen, Sie haben mich völlig aufgeklärt."

Und nun, da er mit Fug besorgte, bereits viel
zu viel gesagt zu haben, wurde er sehr einsilbig und
benutzte die erste Gelegenheit, die teilnahmvolle, aber
unbequeme Freundin zu verlassen.

War das ein Schlag gewesen, ein vernichtender
Schlag . . . Kläre saß noch immer regungslos in der
dämmerigen Zimmerecke, dahin sie sich vorm Lichte
geflüchtet hatte, und ließ die Hände träg im Schoße
ruhen. Dumpfe, unendliche Traurigkeit war über
sie gekommen und hatte ihr Denken ausgelöscht,
ihren empörten Mädchenstolz gebrochen. Wie ein
furchtbarer Traum das alles, aus dem es kein Er=

wachen gab ... Sie weinte nicht mehr, sie sah mit
starren Augen vor sich nieder, als läge das Ent=
setzliche schon weit hinter ihr, als wären Jahre dar=
über vergangen, und nur heute, am Allerseelentage,
frischte sie gramvolle Erinnerungen auf ...

O des unerhört Abscheulichen! Und er hatte es
ihr gesagt, er, in dem sie doch jetzt noch den Ab=
gott ihrer Seele verehrte, der geliebte Freund, der
Angebetete, Starke, mit dem ihr Glück kam und
ging. Wie eine schmutzige Dirne hatte er sie be=
handelt ... Ihr schwirrte der Kopf. Süßer und
heller denn je zuvor waren die ersten Minuten ge=
wesen, die Minute, da er sie gefragt hatte, ob sie
sein liebes Weib werden wolle. Es hatte Kläre so
überrascht, sie so völlig unvorbereitet getroffen, daß
sie kein armes Wort hervorzubringen vermochte. Nur
ihre Augen, das wußte sie, ihre Augen und das
selige Lächeln ihres Mundes hatten ihm bündige
Antwort gegeben. Und dann hatte sie sich, fort=
gerissen von dem glühenden Wirbelwinde, der die
ganze Welt durchwogte, mit hellem Jubelschrei in
seine Arme geworfen. Soviel Glück, mein Gott, so
viel verhaltenes Jauchzen ... Und dann war es
gekommen. Es mußte kommen, denn des Glückes
war zu viel gewesen ...

Vielleicht hatte sie unrecht gehandelt, daß sie ihn,
toll vor Scham und Entrüstung, zurückgestoßen, ihm
die Thüre gewiesen hatte. Vielleicht sind andere
Mädchen anders, vielleicht gilt ihnen nicht für
schändliche Sünde, was sie in ihrer Unerfahrenheit

und Dummheit dafür ansah. Und doch gleichviel. Das durfte er ihr nicht bieten. Er mußte wissen, was in ihrem Herzen vorging, daß sie sich just in jener Minute wie im Gotteshause glaubte und so andächtig gestimmt war, so fromm. In das Heiligtum hatte er Straßenkot geworfen. Er hatte das Entsetzen in ihren Zügen, ihren tödlichen Schreck nicht bemerkt, und statt von ihr abzulassen, war er zudringlicher, roher geworden.

Sie schauderte zusammen. Pfui ... wie häßlich und gemein das alles war! Und gleichzeitig packte sie es doch wie wehe Reue, unbändige Sehnsucht nach dem verlorenen Paradiese. Auf immer verloren ... Wenn er vielleicht nicht in böser Absicht so gesprochen und gehandelt, sich nur von einer leidenschaftlichen Aufwallung hatte hinreißen lassen ... Sie wußte so wenig von diesen Dingen. Ein Wort aus ihrem Munde, ein bittendes, freundliches Wort hätte am Ende genügt und ihn zur Besinnung gebracht. Statt dessen hatte sie zuerst, vor Angst halb ohnmächtig, keine Entgegnung gefunden und dann, als er dringender wurde, ihn unsühnbar beleidigt. Ihr fehlte alle weibliche Klugheit. Und nun war es aus zwischen ihnen ...

Weshalb war er denn gegangen, hatte sie nicht um Verzeihung gebeten? Er mußte doch auch aus ihren zornflammenden Reden noch die Liebe heraushören, den wilden Jammer eines gequälten, armen Kinderherzens! Wenn er sie wirklich liebte, mit so treuer, unwandelbarer Zärtlichkeit wie sie ihn, dann hätte er sich seines Fehlers geschämt und ihn wieder gut zu machen gesucht. Hätte nicht geruht, bis sie wieder versöhnt war. Gewiß, sie hatte ihm befohlen, auf der Stelle das Haus zu verlassen, aber als sie dann seine Schritte auf der Treppe verhallen hörte, war es ihr nicht mehr möglich gewesen, standhaft zu sein, und sie hatte sich nicht gescheut, ihm nach= zulaufen, weinend seinen Namen zu rufen. Er mochte nicht mehr darauf geachtet, sie nicht verstanden haben. Doch er hätte nicht von ihr gehen dürfen, nicht so. Er liebte sie nicht.

Und wie sie das bedachte, stieg ein Argwohn ohnegleichen in ihr auf, und mitten in aller Trübsal gingen ihr ein paar Verse durch den Kopf, Verse aus dem Schullesebuch, deren Sinn ihr bisher ein Geheimnis geblieben war. Sie sträubte sich freilich gegen den niedrigen Verdacht. Ein so gewissenloser Schuft konnte ihr Liebster nicht gewesen sein. Dennoch ... wenn seine schmeichlerischen, ver= führerischen Worte nur bezweckt hatten, sie in Sicher= heit zu lullen, wenn er gar nicht willens gewesen war, sie zu heiraten, sondern ... Der Gedanke war so schmutzig, daß sie sich vor Ekel schüttelte und ihn fallen ließ. Und dann hörte sie Annette von Droste's sonderbaren Vers wieder:

„Und nur die brave, fromme Maid
Nicht ahnet in der Träume Walten,
Daß über sie so gnädig heut
Der Himmel seinen Schutz gehalten."

Hundertmal hatte sie das endlos lange Gedicht von den Räubern im Tann, dem schwarzen Rieder und der Bergmaid laut aufgesagt, wenn sie allein bei ihrer Arbeit saß; es dünkte sie immer so seltsam schön und schaurig. So rätselhaft und tiefsinnig dabei. Heute erst verstand sie es ganz. Und sie zitterte und fühlte, daß ihr glühend heiß wurde . . .

Es war die Zeit, wo Alfred aus dem Bureau nach Hause zu kommen pflegte, wenn er es nicht vorzog, anderwärts zu essen. Der Bruder durfte nichts ahnen von dem, was ihr begegnet war. So wusch sie sorgsam das thränenfeuchte Gesicht und suchte mit Hilfe des Spiegels die letzten Spuren der furchtbaren Errregung zu verwischen. Und als Alfred mit ungewohnter Pünktlichkeit eintraf, brachte die Tapfere es sogar über sich, ihn mit einem Lächeln zu bewillkommnen.

Berndt aber blickte mürrisch und drohend an ihr vorbei. „Wir haben ein Wörtchen mit einander zu reden," knurrte er dann. „Schöne Geschichten, die du angerichtet hast! Die ganze Welt spricht davon. Schämst du dich denn gar nicht, du — du —." Er warf seinen Ueberzieher wütend auf den nächst= besten Stuhl und den Hut aufs Sofa. Kläre blieb totenbleich an der Thür stehen.

„Man hat den Kopf mit Sorgen so voll, und nun kommt auch das noch hinzu!" fuhr Alfred mit haßerfüllter Miene fort. „Ich weiß nicht mehr aus noch ein, bei meinem Chef haben sie sich beschwert, und wenn ich bis morgen abend nicht alles bis auf

Heller und Pfennig bezahlt habe, soll ich mich als entlassen betrachten. Bis morgen abend! Es ist zu gut. Zweitausend Mark bis morgen abend —"

„Ich werde zum Vormund gehen!" sagte Kläre leise.

„Zum Vormund! du zum Vormund!" brach Alfred los. „Meinst du denn, der weiß nicht, was du für Eine bist! Geh lieber zu deinem Liebhaber, zu dem sauberen Hallunken, du — o, die Schande! Ich wage keinem Menschen mehr in die Augen zu blicken!"

„Hör' mich nur an, Alfred!" Sie hatte die Hände gefaltet und weinte.

„Jetzt brauch' ich deine Erzählungen nicht mehr. Jetzt kann ich irgendwen in Berlin danach fragen, und er berichtet mir haarklein, was für ein liederliches Geschöpf meine Schwester ist. Mein tugendhaftes Schwesterchen! Und so schlau, so raffiniert — gar nichts hab' ich von alledem bemerkt! Ich Narr hab' mich auf dich verlassen, du — du Wassernixe!" Es bereitete ihm ein teuflisches Vergnügen, sich an der Angst und Scham Kläres zu weiden, beinahe vergaß er die eigene, verzweifelte Lage darüber.

„Ich hätt' es längst mit dir besprochen, Alfred — aber du warst immer beschäftigt —"

„Red' nicht solchen Blödsinn!" schrie er sie grob an. „Willst dich wohl noch verteidigen und herauslügen? Nein, mein Klärchen, dafür bin ich zu gut unterrichtet." Fräulein Helene Hollmann hatte ihn

allerdings vorzüglich unterrichtet; er war in jede
Einzelheit ihres Gespräches mit Hellwig eingeweiht,
nur nicht in seine Absicht, Kläre einen Heirats=
antrag zu machen. Die dahin gehenden Aeußerungen
Martin Hellwigs hielt Helene Hollmann wohl für
nebensächlich.

Kläre erkannte, daß es für sie außer der reinen
Wahrheit keine Rettung mehr gab. „Wenn du doch
alles weißt, Alfred," brachte sie stockend hervor,
„dann —"

„Sag' noch ein Wort, und ich vergesse mich!"
lobte der sittenstrenge Bruder. „Bis in den Grund
deiner Seele schämen solltest du dich, dich vor nie=
manden auf der Welt mehr sehen lassen!"

„Es ist nichts geschehen, dessen ich mich zu
schämen brauchte!" entgegnete sie, all ihren Mut
zusammenfassend. „Wir haben uns getroffen, ja,
und er ist öfter hier gewesen —"

„Hier?" Alfred schlug wie rasend mit der ge=
ballten Faust auf den Tisch. „Und das sagst du
so rund heraus? So mir nichts, dir nichts? Als
müßt' es so sein —"

„Du hast ihn selbst hierher gebracht. Ich konnt'
deinem Freunde nicht verbieten, wiederzukommen."

Daß Alfred Berndt die Trotzige jetzt nicht
züchtigte, rechnete er sich hoch an. „Ich bewundere
dich. Solch eine bodenlose Frechheit! Und du
brauchst dich nicht zu schämen! Nach alledem, was
zwischen euch vorgefallen ist! Pfui Teufel!" Er
näherte sich ihr und zischte ihr ein häßliches Schimpf=

wort zu. Eine Blutwelle schoß über Kläres Stirn und Wangen, aber eigentümlicherweise blieb sie ganz ruhig.

„Auf solch eine Niederträchtigkeit hab' ich nicht zu antworten. Zeig' mir den, der sie dir gesagt hat. Der ist ein schändlicher, schmutziger Lügner."

Alfred mußte gewaltsam an sich halten. „Du wirst mich in Zukunft nicht mehr betrügen. Heute erkenn' ich erst, wie weit es bereits mit dir gekommen ist. Aber es ist nutzlos, daß du dich verstellst. Fräulein Hollmann hat mich aufgeklärt. Heut nach=mittag geh' ich zum Vormund, du mußt noch in dieser Woche aus Berlin fort. Zu strengen Leuten. Bei mir hast du es zu gut gehabt."

„Fräulein Hollmann?" wiederholte Kläre mit einer Geberde des Abscheus. „Diese — diese... Und das glaubst du?" Sie wandte ihm verächtlich den Rücken und wollte gehen. O Gnade Gottes, daß sie noch stolz und hochmütig sein durfte, daß sie stark gewesen war dank ihm in der schrecklichen Versuchung! Jetzt erreichten und besudelten solche Beleidigungen ihr weißes Kleid nicht, jetzt gaben ihr gerade solche Beleidigungen alle Entschlossenheit und Kraft zurück —

„Du bleibst! Bleibst, sag' ich dir!" brüllte Alfred, außer sich vor Wut. „Wie darfst du es wagen, Fräulein Hollmann — ah geh, du! Du glaubst dich wohl gar erhaben über sie? Nun, ich bin dein Bruder, und deine Ehre ist meine Ehre, leider, leider — aber das darfst du mir glauben,

Fräulein Hollmanns Freunde haben sich nie andern Damen gegenüber ihrer Gunst gerühmt, wie es dein sauberer Herr mit deiner Gunst ihr gegenüber that!"

Kläre verstand ihn nicht. Aber sie fühlte, daß er etwas Entsetzliches gesagt hatte. „Wie meinst du?" stammelte sie.

„Fräulein Hollmann hielt's auch nicht für möglich." ächzte der Rasende. „Aber der verfluchte Bengel — ich schieß' ihn nieder — er sei kein Ritter Toggenburg, und Fräulein Hollmann sei eine schlechte Menschenkennerin, wenn sie ihn dafür halte! Er soll mir's büßen, der Schuft! Heut abend hat er meine Zeugen! Und vielleicht" — Alfred kam für einen Augenblick zur Besinnung und sah sehr elegisch drein — „befreit sein Revolver mich auch von allen andern Plagen."

„Ich weiß nicht, was du willst," erwiderte Kläre schüchtern, in ratloser Angst. „Was hat Martin gesagt?"

„Daß du seine Geliebte wärst, hat Martin gesagt, du dianenhafte Kreatur," höhnte Alfred. „Spiel' doch jetzt nicht mehr die Unschuld! Jetzt können wir beide ja ungeniert all und jedes Ding erörtern, der Bruder und die Schwester, jetzt ist sie so erfahren wie er —"

Berndt kam nicht weiter, denn Kläre stand dicht vor ihm, mit blitzenden Augen, knirschenden Zähnen, die Finger krampfhaft in das Tuch ihres Kleides gekrallt —

„Lügner, Lügner! Das ist eine Lüge! O

Mama, Mama!" Und sie brach in ein hysterisches Schluchzen aus.

Alfred war verblüfft. Dieser Ton klang so überzeugend echt, und noch nie hatte er aus Kläres Mund eine Unwahrheit gehört. Die Möglichkeit, daß Helene Martin falsch verstanden, lag immerhin vor . . . näher noch die Möglichkeit, daß Hellwig in frech prahlerischer Laune sich wider besseres Wissen eines Triumphes gerühmt hatte . . . Sie pflegten das alle gelegentlich zu thun . . .

„Donnerwetter . . . hm, hm!" machte er, ganz bestürzt. „Wenn du es so bestimmt ableugnest, Kläre . . . ich kann nichts dafür, ich mußt' es glauben —"

Sie antwortete nicht und rief nur in einem fort, leise weinend, nach der teuren Verstorbenen.

Ihr Bruder war mit einem Male von der Reinheit seiner Schwester völlig überzeugt. „So ein Lump, so ein Lump!" wütete er. „Dem will ich's eintränken! Der soll die Berndts kennen lernen, der niederträchtige Protz! Ich fahre sofort . . . nein, das geht nicht. Ich muß erst noch 'mal die Hollmann fragen. Aber dann . . . Wärst du nur nicht so leichtsinnig gewesen, dich mit dem Burschen einzulassen, Kläre! Freilich, ich hätt' dich warnen sollen! Aber ich hab' ihm ja auch blindlings vertraut!" Er rannte im Zimmer ruhelos hin und her. „Sei nur wieder gut, Klärchen! Mach' dir nichts draus! Hast ihn sehr lieb gehabt, Kleine? He? Aber er soll mir's heimzahlen!" Damit legte er sacht den Arm um Kläres Hals. „Sieh’ mal, mir kannst du’s schließlich nicht übel nehmen. Ich bin doch dein Bruder... Ein Glück, daß ich so ziemlich gut schieße. Zeitlebens soll er an mich denken!"

„Alfred, nein — das will ich nicht!" jammerte Kläre. „Laß ihn gehen, daß wir nie wieder von ihm hören." Und sie begann von neuem herz= brechend zu weinen.

Er setzte sich neben sie auf das Sofa, zog sie zärtlich an sich und küßte sie auf die Stirne. Die Situation ergriff ihn, und er selbst kam sich in seiner Rolle als rächender Bruder ebenso interessant wie heldenhaft vor. Sie schwiegen beide. Wohl eine Stunde lang saßen die Geschwister träumend und sinnend Hand in Hand. Und während Kläre fast das Herz brach vor Elend und Weh, vor bitterem Gram um den verlorenen Geliebten, den sie nun doch verabscheuen mußte wie eine giftige Kröte, dachte Alfred mit schmerzendem Kopfe daran, daß morgen früh eine hohe Spiel=Ehrenschuld fällig war, daß er morgen abend ohne Stellung und Erwerb sein würde, mit Schimpf und Schande aus dem Amte gejagt...

Das gnädige Fräulein sei plötzlich unpäßlich ge= worden und habe Befehl erteilt, niemanden vor= zulassen, hatte Helenens Kammerjungfer Alfred ge= antwortet, als er kurze Zeit darauf wieder bei der

Schauspielerin vorsprach. Ganz besonders ihre
Freunde bäte sie, Rücksicht auf ihren leidenden Zu=
stand zu nehmen. Aber trotz seiner Aufgeregtheit
und trotzdem ihn der eine Gedanke, Rache zu nehmen,
ganz erfüllte, hatte Berndt doch eine Veränderung
in dem Wesen des sonst so gefälligen und trinkgeld=
freudigen Mädchens bemerkt. Sie lächelte ihn nicht
mehr an, sie öffnete ihm anscheinend widerwillig und
begleitete ihn nachher nicht knixend zur Thür. Was
war in den wenigen Stunden vorgefallen? Eine
eigene Unruhe erfaßte ihn, Kläres Angelegenheit und
die bevorstehende Auseinandersetzung mit Hellwig
versanken wie im Nebel. Die Straße auf und
niedergehend, dachte er allein an sich und Helene.
Sie war nicht mehr wie früher. Deutlich hatte sie
in diesen Tagen eine Zurückhaltung zur Schau ge=
tragen, die ihn verletzen und quälen mußte. Und
jetzt, wo er zum ersten Male in aller Form von
ihr abgewiesen war, kam ihm diese Wandlung klar
zum Bewußtsein. Jetzt vergegenwärtigte er sich
manches ungeduldige Wort, das er im süßen Rausche
der Leidenschaft nicht beachtet hatte; jetzt erst be=
leidigte es ihn, daß sie sich gar keine Mühe mehr
zu geben pflegte, ein Gähnen zu unterdrücken, wenn
er bei ihr saß und sie zu unterhalten suchte. Sollte
die Flatterhafte seiner müde sein, wie sie all der
andern müde geworden war, und ihn verabschieden
wollen? So bald? Er lachte sich selbst aus und
schalt sich einen argwöhnischen Tropf. Nichtsdesto=
weniger zwang es ihn, heute noch aus ihrem Munde

das Gegenteil zu hören. Er wollte Gewißheit haben. Und wiederum stieg er die Treppen zu ihrer Wohnung hinan.

Das mürrische Gesicht des Mädchens schreckte ihn nicht ab. „Ich muß Fräulein Hollmann sprechen, notwendig, auf der Stelle. Es handelt sich um Dinge von höchster Wichtigkeit. Sagen Sie dem Fräulein das." Und alle Einreden der immer verdrießlicher werdenden Zofe vermochten ihn nicht zu entfernen. Endlich ging sie und kam gleich darauf mit dem von einem perfiden Lächeln begleiteten Bescheide zurück: „Fräulein wird Ihnen schreiben. Sie möchten sie entschuldigen."

Alfred verweilte noch einige Zeit vor dem Hause. Selbst die Furcht, sich lächerlich zu machen, von den beiden Frauenzimmern beobachtet und verspottet zu werden, trieb ihn nicht so bald hinweg. Aber ein unbändiger Grimm stieg in seinem Herzen auf. Er war nur zu geneigt, Martin Hellwig auch an dieser Niederlage schuld zu geben. Ohne fremde Einwirkung hätte Helene es nie gewagt, ihn so schnöde zu mißhandeln. Dem feinen Herrn genügte indes allem Anscheine nach die Schwester des Freundes nicht mehr, so stahl er ihm denn die Geliebte. Alfred redete sich in steigende Wut hinein. Er wünschte inbrünstig, daß Hellwig jetzt des Weges käme und sich zu Helene Hollmann begeben wollte. Mit kaltem Blute hätte er den Verruchten erwürgt. Je länger er darüber nachdachte, desto mehr schwanden seine Zweifel, desto wilder wurde sein Haß gegen den Verräter. Hellwig war reich, und das Gold sperrte ihm alle Thore weit auf. Rücksichtslos würde er, einer frechen Laune folgend, seine Uebermacht mißbrauchen und dem Ruinierten auch das Letzte nehmen. Für Alfred Berndt, den Ausgeplünderten, Verschuldeten, blieb dann der Revolver übrig oder der Strick. Und die heuchlerische Sippe, die ihm so lange geschmeichelt, ihn so lange Freund genannt hatte, würde dann die Achseln über ihn zucken oder gar den Narren verhöhnen, den Habenichts, der es gewagt hatte, sich ihnen gleichzustellen. Doch nein — den Hohn wollte er ihnen vergällen. Wenn er gehen mußte, nahm er jemand mit ... Eine grenzenlose Trauer überkam ihn. Er war so jung noch, hätte der Welt noch so unendlich viel leisten können. Und daß gerade ihn das schwarze Los treffen sollte ... Er fühlte, daß ihm heiße Thränen des Mitleides mit sich selbst in die Augen stiegen ...

Am nächsten Morgen war der gefürchtete Brief gekommen. Helene Hollmann zählte sich nicht zu den schriftstellerischen Größen, ihre Briefe indes waren Muster krystallheller Klarheit und Logik. In Alfreds Interesse, schrieb sie, sehe sie sich zu ihrem herzlichen Bedauern gezwungen, ihn um Einstellnng seiner Besuche zu bitten. Leider zu spät hätte sie erfahren, daß er sich ihretwegen finanzielle Opfer auferlege, die weit über seine Kräfte hinausgingen. Sie schätzte ihn zu hoch, um das gestatten oder dem Vorschub leisten zu können. Sie danke ihm aufrichtig für die angeregten Stunden, die sie in seiner Gesellschaft

verbracht hätte, bäte aber, keinen von vornherein
nutzlosen Versuch zu machen, sie umzustimmen.

Dieser unbarmherzige Bescheid schmetterte Alfred
zu Boden. Er schloß sich in sein Zimmer ein, er
ließ seine kochende Wut an Aschbechern und Bier=
krügen aus und betrachtete lange den Revolver im
schön polierten Kasten. Die Stunde war gekommen,
wo er mit Hellwig abrechnen mußte. Ins Bureau
zu gehen, war ihm durchaus unmöglich, einesteils
wegen seiner schwarzgalligen Stimmung, andererseits
weil es ihm nicht paßte, die scharfen Tadelsworte
seines Chefs anzuhören. Auch zu Hause litt es ihn
schließlich nicht länger. Er hatte außerdem zu be=
fürchten, daß man ihn hier mit unverschämten Geld=
forderungen bestürmen würde. Alle seine Gläubiger
waren ja auf den heutigen Tag vertröstet worden.

Er steckte die geladene Schußwaffe in die Tasche
seines Sommerüberziehers und ging, ohne Kläre
Lebewohl zu sagen. Was sollte ihm auch ein thränen=
reicher Abschied? Weshalb dem armen Mädchen
das Herz noch schwerer machen? Es freute ihn bei=
nah, daß so edelmütige Gründe ihn bewogen, in
aller Heimlichkeit aus dem Hause zu schleichen. Zu=
dem besorgte er, Kläre könnte von der Geldangelegen=
heit zu sprechen beginnen. Und das war ihm nach=
gerade auf den Tod zuwider...

Den ganzen Weg über dachte er an die hohe
Spielschuld. Wenn er wenigstens im stande gewesen
wäre, sie zu bezahlen, daneben die immerhin un=
bedeutenden Beträge zurückzuerstatten, die er den

Kollegen abgeborgt hatte... Alles andere ließ sich am Ende ohne große Schwierigkeiten ins rechte Gleis bringen. Es war ja zu albern, zu kleinlich. Lumpige dreitausend Mark hätten ihn gerettet, ihm sogar einen kleinen Ueberschuß gelassen. Er hätte dann den hübschen Einskuller kaufen können, für den Helene so geschwärmt hatte, das zierliche Mahagoniboot. Und für Kläre wär' vielleicht ein niedlicher Sommerhut abgefallen. Alfred Berndt war kein Selbstsüchtiger, er erfreute von Herzen gern auch andere. Mit Kleinigkeiten, natürlich.

Die Zeit verging ihm unter solchen Träumen schnell, und er war vor dem Hause, in dem Hellwig wohnte, angelangt, ehe er sich noch klar gemacht hatte, was er dem einstigen Freunde sagen sollte. Ein sehr stattliches Haus, und Hellwig hatte die Hälfte des ersten Stockwerkes inne. Sechs oder sieben Zimmer... Ach ja, so großer Reichtum erlaubt so große Verschwendung. Und mit welch durchtriebenem Luxus diese Gemächer ausgestattet waren! Vielleicht hätte Alfred Berndt in dem und jenem vornehmeren, geläuterten Geschmack bewiesen — das Schlafzimmer war zum Beispiel nach seinem Dafürhalten von etwas klobiger Pracht... Was er ihm nur sagen sollte? Uebrigens lag die Gefahr vor, daß er ihn gar nicht zu Hause treffen würde. Nun, er müßte dann eben ein zweites Mal kommen. Brieflich ließ sich solche Ehrensache nicht erledigen. Und auf sich sitzen lassen durfte er den Schimpf keinesfalls.

Hellwig war noch beim Kaffee. Der gallonierte Diener — der Kerl wäre Alfreds Stolz gewesen, und Hellwig hatte seine Existenz monatelang gar nicht erwähnt — bat den Gast im Auftrage seines Herrn sehr höflich um einige Minuten Geduld. Berndt hatte Muße, neuerdings die entzückende Schönheit des Empfangszimmers zu bewundern. Und es fiel ihm dabei der Witz ein, daß sich jetzt bei ihm zu Hause allerlei Gläubiger in dem entsprechenden Raume drängen, ihn jedoch billigerweise nicht Empfang-, sondern Wartezimmer nennen würden.

Martin Hellwig trat ein, ernst und doch freundlich. Er reichte Alfred nicht die Hand, aber Alfred hatte die angenehme Empfindung, daß er es nur darum nicht thäte, weil er sein Unrecht einsähe und deshalb die frühere Vertraulichkeit nicht platzgreifen zu lassen wage. „Ich habe Sie lange nicht gesehen, Herr Berndt," begrüßte Hellwig seinen Besucher. „So setzen Sie sich doch vor allen Dingen." Alfred hatte sich ehemals ganz daran gewöhnt, daß ihn der überlegene und wohlbegüterte Hellwig einfach bei seinem Vornamen nannte, was er seinerseits nie zu erwidern gewagt hatte. Er konnte nicht umhin, den Takt anzuerkennen, den Hellwig jetzt bewies, indem er auch diese Erinnerung auswischte. Gleichzeitig besann sich Alfred indes auch auf seine Sendung.

„Was ich zu sagen habe, Herr Hellwig, ist rasch im Stehen gesagt." Er rückte den Kragen seines Rockes zurecht und bemühte sich, todesernst dreinzuschauen. „Wir waren Freunde, Herr Hellwig —"

„Wir waren?" betonte der andere, augenscheinlich sehr erstaunt. „Es thut mir ungeheuer leid, Herr Berndt..."

„Ich habe Sie mit meiner Schwester bekannt gemacht, weil ich Ihnen unbedingt vertraute," fuhr Alfred rasch fort, weil er fürchtete, daß ihn die Liebenswürdigkeit Hellwigs sonst völlig entwaffnen würde. „Und nun werden Sie meine — meine Verwunderung begreifen, als ich hören mußte, daß Sie hinter — hm — ohne mein Vorwissen mit Kläre verkehrt haben. In Familien, wie es die unsrige ist, Herr Hellwig, geht das nicht an." Martin Hellwig hörte schweigend gesenkten Hauptes zu, und Alfred begann sich in der Rolle des Bußpredigers zu fühlen. „Indessen, dies wäre nicht das Schlimmste. Vielleicht trage ich da selbst einen Teil der Schuld. Es wäre meine Pflicht gewesen, Kläre besser zu überwachen. Was aber dem Fasse den Boden ausstößt, Herr Hellwig, das ist der Umstand, daß über meine Schwester ganz niederträchtige, verleumderische Gerüchte verbreitet werden — über meine Schwester, Herr Hellwig!"

„Wer — wer wagt das?" schrie Martin Hellwig jäh auf, mit dunkelrotem Gesichte. „Wer ist der Bube? Sie kennen ihn, Herr Berndt, und haben ihn noch nicht nach Gebühr gezüchtigt? So überlassen Sie ihn mir." Herr Hellwig schien zu wachsen, seine ohnehin stattliche, breitschulterige Gestalt reckte sich straff empor. „Ich habe ja leider noch nicht das Recht, für Fräulein Klärchen einzustehen..."

Er verstummte plötzlich und blickte Alfred fragend an. „Ich wollte über unser beiderseitiges persönliches Verhältnis bisher nicht sprechen, Herr Berndt — es ist so delikat —"

In dieser Sekunde erst fiel Alfred ein, daß er seinem Gegenüber tief verschuldet war. Der Gedanke raubte ihm mit einem Schlage alle Sicherheit, machte ihn verlegen, hinderte ihn an jedem freien Worte. Wie, wenn Hellwig ihm im Augenblicke, wo er Genugthuung forderte, eine Quittung hinreichte und höflich bemerkte, er stände zu seiner Verfügung, sobald die dargeliehene Summe an Ort und Stelle wäre... Alfred zitterte. Eine solche Beschämung mußte er um jeden Preis vermeiden, seiner Selbstachtung, seiner Ehre wegen. Er versuchte sich zu fassen, er that, als hätte er den letzten Satz Hellwigs überhört. „Der Verleumder ist kein Mann, sonst wäre er bereits hinreichend gezüchtigt; es handelt sich um eine Dame, Herr Hellwig. Um eine uns beiden bekannte Dame."

„Sie machen mich neugierig. Und Sie erschrecken mich."

„Diese Dame wagte es, mir den Schimpf ins Gesicht zu schleudern. Fräulein Hollmann — sie ist es — erhielt darauf von mir die einzig passende Antwort: ich brach auf der Stelle all und jeden Verkehr mit ihr."

„Unerhört!" ereiferte sich nun auch Herr Hellwig. „Wie recht hatte ich doch, als ich Sie vor ihr warnte! Im übrigen, mein verehrter Herr

Berndt, meine ich, daß wir auf das Geschwätz einer boshaften Weiberzunge — Pardon! — kein besonderes Gewicht legen dürfen. Sobald freilich ein Mann es aufnimmt, ist der Moment da, wo Abrechnung, und dann gründlich, gehalten werden muß."

Alfred spielte seinen Trumpf nur zögernd und widerwillig aus. „Fräulein Hollmann bringt gerade Sie mit diesem häßlichen Gerede in Verbindung." Er stockte, er fühlte, daß seine Kniee zitterten. „Sie behauptete mir gegenüber, die Beleidigung meiner Schwester wäre aus Ihrem Munde gefallen."

Hellwig stand wie vom Donner gerührt. „Das ist eine bodenlose Infamie," keuchte er. „Herr, und diese unbeschreibliche Gemeinheit — das haben Sie geglaubt? Sie halten mich für fähig, die Schwester meines liebsten Freundes ... o pfui! Und mich dann noch solcher Niedertracht zu rühmen?" Er ging mit starken Schritten durchs Zimmer. Die Zornadern auf seiner Stirne schwollen an.

„Wenn Sie mir diese Erklärung abgeben, bin ich beruhigt, völlig beruhigt," beeilte sich Alfred zu entgegnen. „Von vornherein bestand bei mir kein Zweifel an Ihrer Ehrenhaftigkeit, Herr Hellwig; ich habe Sie in der Beziehung zu gründlich kennen gelernt. Aber meine Pflicht als Bruder war es, mir Aufklärung zu verschaffen und rücksichtslos vorzugehen. Sie werden meine Lage zu würdigen wissen."

Herr Hellwig fuhr sich mit dem Taschentuche übers Gesicht. „Ja doch ... Diese Dirne, diese schändliche Dirne! Es ist ja offenkundig, sie hat sich dafür rächen wollen, daß ich... Nun, nun, Herr Berndt. Ich will Sie nicht unbewußt kränken."

„Sprechen Sie ohne Rückhalt. Ich will es nicht leugnen, ich habe die Hollmann einmal sehr gerne gesehen. Doch das ist vorbei, nach dieser Schandthat. Und ich bereue, Ihrem Rate nicht früher gefolgt zu sein." Ein Wunsch durchzuckte ihn, eine freudige, sonnige Vorstellung. „Ich habe viel vernachlässigt über dieser Narrheit. Meine Schwester, meine Arbeit, meine Freunde, mich selbst. Aber das ist vorbei. Und so schwer es halten wird, ich ringe mich schon wieder empor."

„Davon bin ich überzeugt," sagte Herr Hellwig mit warmer Herzlichkeit. „Es freut mich nur, daß unsere Freundschaft unbeschädigt aus diesen Stürmen hervorgegangen ist!"

„Ganz meine Meinung! Unsere Freundschaft wenigstens wollen wir retten!"

„Trinken wir ein Glas Wein darauf!" rief Hellwig und klingelte. „Und nun lassen Sie mich Ihnen die Hand schütteln, Herr Berndt! Erst heute habe ich recht erkannt, wie wir beide zu einander stehen!"

Eine so günstige Gelegenheit kehrte nie wieder, und es war Alfred nicht zu verübeln, daß er sie entschlossen beim Schopfe packte. „Sie beschämen mich einigermaßen, Herr Hellwig. Sie wissen, ich habe Ihre Güte in Anspruch nehmen müssen, ich befand mich in verzweifelter Lage —"

„Aber lächerlich! Wie dürfen Sie nur davon reden!"

„Nein, ich wäre ein Undankbarer, verschwiege ich das. In wahrhaft vornehmer Weise sind Sie mir beigesprungen, und wahrhaft vornehm war Ihr ferneres Verhalten gegen mich. Darum aber drückt diese Schuld doppelt schwer. Ich wünschte, ich könnte Ihnen das Geld sofort mit Wucherzinsen zurückerstatten. Doch die Verhältnisse sind erbärmlich. Mein Vormund — nun, erwähn' ich ihn nicht. In Jahresfrist bin ich ja mündig —"

„Herr Berndt," fiel Hellwig ein, der jetzt verstand. „Wollen Sie mir einen großen Gefallen thun? Mir einen Beweis Ihres unerschütterten Vertrauens und Ihrer Freundschaft geben?"

„Ja!"

„Gestatten Sie mir, daß ich auch wirklich Ihr Freund bin. Daß ich Ihnen nütze, so weit es in meiner schwachen Kraft steht. Rund heraus, unter vernünftigen Männern — wie viel brauchen Sie, um sich zu rangieren?"

Alfred errötete wie ein Backfischlein, und brennende Scham packte ihn. „Nein, Herr Hellwig, nein — tausend Dank für die Absicht! Es geht nicht. Es darf nicht sein. Wenn jemand — wenn Kläre —"

„Sie sind — nehmen Sie mir das nicht übel — ein Pedant sind Sie, Herr Berndt! Und ich verhehle es Ihnen nicht — diese Abweisung kränkt mich. Freilich will ich mich Ihnen nicht aufdrängen."

Alfred lenkte geschwind ein. „Für die arme Kläre wäre es eine richtige Wohlthat," murmelte er vor sich hin, wie mit sich selbst sprechend. „Ich für mich — für mich brauchte ich nichts, aber solch junges Mädchen . . . Und doch, es darf nicht sein. Ich gebe es keinesfalls zu, Herr Hellwig, daß Sie noch einmal —"

„Wie hoch ist die Summe, die Sie ungefähr benötigen?"

„Mein Gott — Sie sind ein schlimmer Versucher," stöhnte Alfred. „Viertausend Mark etwa," stieß er dann hervor. „Aber verargen Sie es mir nicht — von Ihnen nehme ich das Geld um keinen Preis."

„Sie müssen mir schon erlauben, auf der Stelle einen Check auszufüllen," meinte Herr Hellwig gemütlich. „Herein!"

Der Diener hatte schon wiederholt geklopft, ohne daß die beiden ihn beachtet hatten. „Eine Flasche Kirchenstück, Max, gut gekühlt!" rief ihm Hellwig entgegen. „Er versteht das aus dem FF," wandte er sich dann an Alfred. „Eine wahre Perle! Essen Sie doch heut zu Abend mit mir — da sollen Sie sehen, wie er ein Menü eigener Erfindung zusammenstellt, wie er den Sillery behandelt unter der Wasserleitung und den Mouton Rothschild temperiert! Seine Frau ist ein Genie wie er. Sie kocht! Ein hinreißendes Ehepaar!"

Der goldige Wein lachte in den Kelchen, die Herren stießen an, sogen ernsthaft seine köstliche Blume ein und tranken schluckweise aus. Alfred sah derweil gleich einer Vision zukünftiges Wonneleben,

wunderschöne Frauen, weiche Teppiche und goldne
Geräte; Herr Hellwig aber dachte, daß er sehr klug
daran gethan hatte, sich nicht übereilt an die Schwester
eines solchen Menschen zu binden, wie sein lieber
Nachbar war. Alfred Berndt hatte ihm eine gute,
wertvolle Lektion erteilt. Und das Lösegeld dafür
zahlte er mit tausend Freuden . . .

Auf dem Balkon, der in den Botanischen Garten
hinabblickt, stand zur selben Zeit die arme, junge
Träumerin, deren Lebensglück hier eben vernichtet
worden war, und bangte für den Bruder und zitterte
vor Sehnsucht im Gedanken an den einzigen ge=
liebten Mann. Sie würde ihn vergessen, o gewiß,
und wollte nichts thun, ihn je wiederzusehen. Diese
Tage aber würde sie nimmermehr vergessen und sein
Bild treu bewahren, auch ohne ihn je wiederzusehen.
Sie hatte Frühlingsluft getrunken, genug, übergenug
für die langen, grauen Tage, die nun kamen.

Und sie lächelte vor Liebe und Seligkeit in all
ihrem Elend. Sie hörte ja nicht das melodische
Läuten der Gläser ihrer beiden, ihrer einzigen
Freunde . . .